AF382428

LE DERNIER

ROMAN

Yves Ferriol

LE DERNIER ROMAN

Édition : BoD – Books on Demand
12/14 rond-point des Champs-Élysées, 75008 Paris
Impression : BoD - Books on Demand, Norderstedt, Allemagne

ISBN : 978-2-32209-241-3

Dépôt légal avril 2019

Remerciements

Ma sœur pour ses précieuses relectures.

Avant-propos ?

Faire ou ne pas faire d'avant-propos, c'est une question qu'on se pose forcément lorsqu'on envisage d'apposer son nom près d'un titre. Personnellement je ne les lis que très rarement, et encore pas en entier, ou alors faut-il qu'ils soient très courts, et puis jamais avant la lecture. Je n'y trouve que peu d'intérêt, soit ils dévoilent les intrigues de manière abusive, soit ils polluent mon esprit d'une matière critique dont je n'ai que faire. D'ailleurs je m'y perds un peu entre les hordes d'avant-propos, d'avertissements, de prologues, de préfaces ou de préambules ... sans doute y goûterais-je mieux des préliminaires ?

Mais lorsque maintenant c'est mon nom que j'envisage accolé, lorsque maintenant les refus d'éditeurs se font légion, alors oui je me pose la question de sa nécessité, de leurs nécessités. Un avant-propos pour être compris, un avant-propos pour l'immortalité ! Même si le mot lui même brille par sa stupidité, car avant le propos c'est déjà un propos.

Un avant-propos pour le lecteur ? Le stupide alors, celui qui ne sait pas lire entre les lignes ; l'ignorant, celui qui n'a jamais lu d'autres livres ou qui ne s'en souvient pas ; le balourd, à qui il faut tout dire deux fois et de trois manières différentes pour que se dégagent les prémices d'un début de compréhension ; l'intellectuel, qui va peser chaque mot et les presser jusqu'à la causticité, jusqu'au néant ; le bellâtre, qui va s'extasier devant des propos si élégants et une réflexion si aboutie ; l'élève, qui n'y cherchera seulement que des réponses à son travail rébarbatif ; l'éditeur, génie bienfaiteur qui y cherchera les traits distinctifs d'une pensée de son temps, ou les caractéristiques injonctives de l'offre et de la demande ; la famille et les amis, qui chercheront à m'y reconnaître entre chaque ligne, à s'y deviner entre chaque mot.

Bref un avant-propos pour tout le monde, c'est-à-dire un avant-propos frivole. Mais si le propos d'avant n'est rien, alors comment celui qui suit pourrait-il ne pas être insignifiant ?

Trop tard, celui se dessine et je n'ai plus d'autre choix que de l'achever, de présenter ce livre, qu'au final j'aime de moins en moins, que je n'ose plus lire même, de peur d'y déceler à chaque coin de phrase un nouvel indice d'une médiocrité supérieure. *Le Dernier Roman*, titre tordant d'un premier roman ! D'un roman qui est plus une nouvelle et d'une nouvelle qui serait plus un conte. Mais un dernier roman certainement ! Le mien, peut-être sans aucun doute ? Dans l'intrigue, à vous de voir ! Mais pour cela encore faut-il lire ce fichu bouquin, se lancer, se moquer des prémices orgueilleux d'un auteur paniqué par l'idée de ne pas plaire ou pire, de plaire, terrifié d'être un mortel comme les hommes, effrayé à l'idée d'être un homme, seulement.

Bonne lecture, aux lecteurs détestés d'avance, de ce *Dernier Roman*, premier roman qui n'en est pas un.

« Les progressistes d'hier sont les réactionnaires demain. »

D.R.

Chapitre premier

De l'autre côté de la fenêtre fermée, des gouttes d'eau s'échouaient puis s'étiraient fébrilement dans une sorte de délire stroboscopique, pendant qu'une misérable mouche anonyme s'évertuait à s'y télescoper dans un désagréable grésillement d'ailes. Depuis le changement d'heure du mois dernier, la nuit semblait avoir rattrapé la vie pour de bon. Nul espoir de revenir en arrière, nulle échappatoire, aucun faux prétexte, il fallait patienter à nouveau, comme chaque année, sans savoir si cet hiver serait le dernier.

À l'abri des regards indiscrets, avec une avalanche de précautions et un plaisir qui se lisait sur son sourire tendu, son pouce et son majeur caressaient, en les faisant délicatement crisser, des feuillets offset en vélin recyclé. Ses yeux n'avaient pas encore commencé leurs va-et-vient mécanisés, lorsque tout à coup un bourdonnement du dehors faillit lui faire lâcher son exemplaire. Il jeta un regard par la fenêtre et ne vit rien à l'extérieur, si ce n'est le reflet effrayé de ce presque jeune homme à l'instinct stupide qui s'empressa de faire basculer l'interrupteur sur la position off.

Dick avait plongé l'appartement dans l'obscurité et on pouvait maintenant déceler le bruissement d'ailes si particulier d'un drone d'État. Il s'en voulait d'avoir été si naïf.

Bien sûr que cela avait été trop facile, le mail anonyme, le rendez-vous de nuit et le retour sans encombre. Quel idiot ! C'était sans doute un piège, un leurre. Peut-être le surveillait-on depuis plusieurs semaines ? C'eût été étonnant, il était extrêmement prudent sur ce qu'il disait, écrivait ou accomplissait. Pourtant, un geste, un regard nous trahit si vite, si vite qu'alors même que la conscience de l'avoir esquissé nous effleure, l'autre en face nous a déjà démasqué.

Dick en était venu à tenir une sorte de double comptabilité sur Internet : une manière d'effacer ses traces couplée à une méthode pour dissimuler sa véritable identité. Grâce à cette technique, il avait réussi à avoir et à garder plus d'un emploi car, depuis que la vente des profils utilisateurs par les fournisseurs d'accès était plus ou moins tolérée, un bon CV et une excellente présentation ne suffisaient plus. Cela faisait maintenant quatre ans que Dick avait pressenti tout cela et ne circulaient plus sur lui que des infos maîtrisées, même celles qui paraissaient le rendre vulnérable ; en tout cas, c'est ce qu'il croyait.

Le sifflement sourd du drone s'était éloigné. Dick resta encore assis quelques minutes dans le noir, le précieux livre entre ses mains. Ce n'était sans doute qu'une fausse alerte, mais la prudence restait de mise, il fallait redoubler d'éveil. Quelques semaines déjà qu'il n'avait pas effectué d'achats d'appareils, d'applis ou d'accessoires électroniques. Suspect ? Infidélité à la société de consommation et d'information ?

En longeant les murs il cherchait des mains l'ancienne bibliothèque, meuble dont l'époque avait oublié la vocation première, qui ne servait aujourd'hui qu'à exposer quelques vieux téléphones mobiles vintage, une caméra GoPro et même un authentique magnétoscope Philips qui aurait bien fait l'affaire d'un jeune antiquaire. Ses doigts sentirent les aspérités et un clic sec libéra un tiroir secret dans lequel il rangea précieusement le manuscrit. Il le lirait plus tard, là, ce n'était pas prudent. Dick ralluma la lumière et prit son blouson pour sortir. Il était temps d'acheter quelque chose pour les endormir.

Dehors, l'air frais mais sec balançait doucement les illuminations de Noël, une douce musique subtile, mélange langoureux de cuivres éclatants et d'une voix rauque, apaisait presque miraculeusement les cerveaux les plus résistants. En longeant le trottoir, chaque fenêtre éclairée rejouait pour le passant noctambule des scènes éculées de l'empire cinématographique américain : l'enfant sur les épaules de son père accrochant l'étoile au sommet du sapin, le mari se frottant tendrement à sa femme pendant qu'elle préparait le dîner et qu'elle semblait lui dire, avec la même tendresse, de patienter, que le moment n'était pas opportun, le chiot qu'on amenait devant les yeux émerveillés des enfants… sans fin. Dick arriva à temps, avant de dégobiller sur la chaussée toute cette béatitude bon marché.

Arty était le vendeur agréé ès technologie en tout genre. Derrière sa vitrine poussiéreuse et en désordre se cachait l'antre paradisiaque de l'informaticien le plus ingénieux. Après avoir franchi la porte au son d'une ancienne mélodie publicitaire de poissons panés surgelés, on le découvrait à l'abri, à l'intérieur de colonnes de cartons qui l'encerclaient. On pouvait trouver tout ce qu'on était capable d'imaginer, et s'il ne l'avait pas, son génie faisait le reste. Dick, avant d'entrer, leva la tête vers l'enseigne aux lettres lumineuses dont l'« Y » disparaissait par intermittence.

— Salut Arty !

— Dick, ça alors, quelle surprise ! Ça faisait longtemps que je t'avais pas vu. Te connaissant, tu viens chercher un peu de tranquillité ?

— Exactement, t'as tout compris. Il me faudrait un peu de répit, de quoi tenir au moins un mois.

— Ouh là là, monsieur a des exigences !

Arty pianota quelques instants sur le clavier de son ordinateur.

— Pour trois cents skys, ça te va ? T'as de la chance, j'allais fermer, je te fais le prix d'avant Noël !

— T'es vraiment un as.

En quelques instants son regard prit la couleur de l'écran, on pouvait apercevoir les lignes de codes faire scintiller ses yeux mi-clos.

— Et voilà, c'est arrivé chez toi, ni vu ni connu, un petit programme qui va te créer une cyberactivité pendant trente et un jours, avec des achats en ligne, des jeux, des visites de sites, etc. T'auras l'air du plus normal des hommes.

— Je te règle en … ?

— Pas la peine. Je me suis payé en passant : trois cents skys tout rond. Tu peux vérifier.

— Je te fais confiance, Arty, t'inquiète pas.

— Passe un joyeux Noël, les logiciels robots vont te lâcher la grappe un moment.

— Merci et joyeux Noël à toi aussi.

En s'éloignant de l'enseigne qui clignotait dans son dos, Dick sentit comme un haut-le-cœur. Arty lui ressemblait tellement — tous les deux passeraient les fêtes seuls — lorsqu'un relent d'estomac le fit vomir, de justesse, dans le caniveau.Recroquevillé en deux il faisait vraiment pitié, la veille de Noël, le visage arrimé au trottoir par un grotesque filet de bave. Un vieil homme qui passait l'esquiva du regard et s'éloigna à petits pas rapides. La nuit était noire, ne brillait d'aucune étoile réelle, seulement de guirlandes lumineuses… L'espace d'un instant il sentit le vide l'absorber et lui arracher le cœur. Sa respiration cessa quelques secondes et il crut toucher un moment d'éternité. Des années qu'il tentait d'échapper instinctivement à cette recherche toujours insatisfaite d'une technologie plus performante et plus minuscule. Il avait vu les applis, les logiciels et les machines remplacer doucement les hommes. Les applis des machines *versus* les facultés humaines. Si l'être humain utilisait désormais moins de capacités cérébrales, il pouvait néanmoins être redoutable lorsqu'il était suppléé par tout son régiment d'applis.

Dick faisait partie de ce que les grandes firmes avaient surnommé au début des années 2020, les « archéos », les résistants aux nouvelles technologies, à l'opposé de ceux qui apprivoisaient celles-là docilement et sans crainte : les « technos ». Aujourd'hui l'illettré c'était celui qui était incapable d'ouvrir un compte bancaire sur Internet, de rendre une wiki-dissert' pour le cours suivant avec des insertions de champs et de liens électroniques. Dick l'avait compris et maîtrisait comme il se devait les nouvelles technologies mais il n'en avait pas le goût. Souvent il rêvait à ces mythiques années 80 qu'il n'avait pas connues, les dernières années avant l'arrivée d'Internet. Aujourd'hui personne ou presque ne réussissait à réfléchir, penser ou même se souvenir sans la machine qui désormais faisait partie intégrante de l'homme. Plus la peine de mémoriser ou de retenir une information. Tout était stocké dans une base de données qu'il suffisait d'interroger. L'information résidait maintenant hors de notre cerveau et l'une et l'autre ne s'alliaient plus dans la réflexion. Notre cerveau avait bien compris l'avantage des machines : une fois l'info apparue, elle était automatiquement oubliée, pas besoin de la mémoriser, il y avait une appli pour cela. Il y avait une appli pour tout : pour réussir à l'école, pour éduquer ses enfants, son chat, son hamster, pour draguer dans la rue ou en boîte de nuit, pour apprendre à conduire, pour accoucher, pour faire une demande en mariage, une pour mourir à l'hôpital et une – pirate – pour mourir chez soi. Chaque appli était une aide à la vie d'une société où la conception du bien et du mal était issue de moyennes statistiques. Dick n'aimait pas les statistiques ni les relations de cause à effet.

Il ouvrit les yeux sur le spectacle de ses vomissures, écarta d'un geste de la paume son filet de bave qui commençait à se denteler et reprit le chemin de chez lui en faisant un crochet par la pizzeria *Giorgio*. Il était 19h, bien entendu il avait déjà fermé sa devanture. Dépité il effleura alors son Skyphone et déjà, chez lui, le congélateur commençait la décongélation d'une de ces pizzas industrielles au goût sans surprise mais labellisées par des enquêteurs certifiés. Ce goût si particulier, paradoxe des temps modernes, qui a le pouvoir de nous rendre addict à l'insipide.

Sous l'œil d'une webcam peut-être en route, installé dans son canapé, Dick attendait patiemment que l'horloge franchisse minuit. Sans doute il pouvait penser avoir quelques moments de répit et il pourrait amorcer véritablement la lecture du premier chapitre … 5 … 4 … 3 … 2 … 1 … Minuit ! Joyeux Noël ! Bonne année ! Pour fêter les deux, une seule date, aujourd'hui, c'était bien suffisant. De toute façon plus personne ne croyait vraiment en un Dieu qui serait né dans une étable, c'était un peu trop kitsch. Dans les rues et les maisons enfermées, les scènes de liesse commençaient, les embrassades pleuvaient, les baisers s'échelonnaient dans son indifférence totale. Dick, dans un bond de félin, avait déjà atteint la bibliothèque, déclenché le mécanisme et, assis sous la fenêtre, lisait. Il n'eut pas le temps de lire les premières lignes que le signal de la porte d'entrée résonna comme un glas timide. Le regard fixé sur la porte il restait figé. Le signal insista une deuxième fois, puis une troisième. Dick glissa subrepticement le livre sous le canapé et s'empressa d'aller ouvrir, non sans avoir vérifié préalablement l'identité du visiteur par son empreinte sur le boîtier numérique de l'entrée.

— Monsieur Dick Richard ?

— Oui, que puis-je pour vous lieutenant Eleison ?

— Vous étiez bien à la boutique d'Arty ce soir, entre 18 h 15 et 18 h 35 ?

— Oui, j'y suis allé pour faire quelques achats. Pourquoi ?

— Parce qu'à 18 h 55, il est décédé.

Dick dut s'asseoir en urgence dans son fauteuil avant que ses jambes ne le lâchent et ne trahissent une trop grande émotion.

— Arty ? De quoi est-il mort ?

Le lieutenant Eleison s'avança lentement vers lui en scrutant la pièce :

— Il a été retrouvé le crâne fracassé dans sa boutique. Étrange, non ?

— Euh, oui…

Dick ne savait pas quoi répondre. Était-il suspect ?

— De nos jours il est rare de voir autant de violence dans un homicide. Je vois que vous aimez collectionner les vieux objets.

Dick s'en excusa presque :

— Oh, ça ? Non, c'était à mon père, je ne sais pas pourquoi je les ai conservés.

Alors qu'elle lui tournait le dos pour observer de plus près un authentique magnétoscope Philips VR 2020, lui-même remarquait que ce lieutenant possédait de magnifiques jambes athlétiques sous un collant opaque noir qui luisait comme un cuir. Elle se retourna, Dick déroba son regard brutalement. Mauvais réflexe, maintenant elle allait croire qu'il avait quelque chose à se reprocher.

— Avez-vous aperçu quelqu'un de suspect en sortant de la boutique d'Arty à 18 h 55 ? une personne ? un véhicule ? une activité ?

— Non, je ne crois pas. Pour tout vous dire je n'ai pas fait attention. La rue était plutôt déserte.

Dick se souvenait bien d'avoir aperçu ce vieil homme qui avait changé de trottoir en le voyant vomir, mais il sentait qu'il ne devait pas aller sur ce terrain-là, il s'exposait à d'autres questions.

— Êtes-vous malade ? demanda le lieutenant Eleison en caressant l'écran du vieux Nokia à clapet.

— Non. Pourquoi ? J'ai l'air malade ?

— Lorsque vous vomissiez dans le caniveau, oui.

Sur ces mots elle le laissa s'empêtrer dans un fouillis d'explications et lui rappela en sortant qu'il ne devait pas quitter la ville.

— Au revoir, M. Richard, et passez de bonnes fêtes de fin d'année.

— Au revoir. Merci, répondit Dick en la regardant s'éloigner de la maison. Il aurait bien voulu la revoir et craignait en même temps une autre entrevue.

Chapitre 2

Depuis deux heures le réveil sonnait par intermittence toutes les dix minutes. On était lundi matin et Dick n'arrivait pas à se tirer de son lit ; misérable, il échouait à chaque vaine tentative. Était-ce la tristesse d'avoir perdu un … – il ne savait d'ailleurs pas comment le nommer – commerçant, camarade, ami… ? Enfin… ils s'entendaient bien et riaient parfois ensemble. Ce qui est sûr, c'est qu'Arty aurait pu être un ami, il en avait les qualités. C'est peut-être cela qui l'oppressait du dedans, qui le brûlait tout le long de l'œsophage. « Il aurait pu être… » se répétait-il alors. Qu'est-ce qui l'en avait empêché ? C'est cela qui le rongeait. Pire que la perte d'un ami, il vivait celle d'un futur ami. Il n'avait pas vraiment de souvenirs, d'instants marquants suspendus dans l'air du temps, juste quelques sourires après avoir évoqué des bribes de vie, senti des préférences communes. Il eut à ce moment-là l'impression qu'il avait perdu de la vie, de la vie qu'il ne pourrait désormais plus jamais rattraper. Arty resterait désormais un « presque ami », c'est-à-dire seulement un bref pincement au cœur en passant devant cette devanture qui changera d'ailleurs bientôt avec l'air du temps. Il avait perdu une occasion de vivre.

Dick se rendormit à moitié une bonne heure puis décida brusquement de se lever pour savoir où s'en trouvait l'enquête. Il interrogea Internet. Depuis la veille, rien n'était venu s'ajouter aux informations, à peine si l'article concernant Arty n'allait pas bientôt être relayé en page 2. Dick enfila son blouson et sortit de sa maison en jetant un rapide coup d'œil à la bibliothèque du salon, le tiroir secret était discrètement entrebâillé. « Zut ! » se dit-il. Il avait oublié de replacer le manuscrit hier soir. En un éclair ce fut chose faite et il décida d'aller observer les lieux du meurtre, sans vraiment savoir pourquoi, juste parce qu'il avait l'impression d'exister aujourd'hui plus qu'un autre jour.

Le rideau de fer était baissé et une puce électronique de surveillance était insérée dans l'embrasure de la porte, de telle sorte qu'il était impossible d'entrer sans en avertir la police. Il fit le tour par l'arrière et trouva une fenêtre entrebâillée. La veille de Noël, les policiers avaient dû être moins méticuleux. Sans doute s'étaient-ils pressés pour rejoindre leurs familles ? Pas Arty ! Pas Dick ! Il se glissa doucement en prenant appui sur le mur pendant qu'une odeur de vieille urine emplissait ses narines. Il se laissa tomber dans la réserve avec l'agilité d'un chat de gouttière. Doucement, il avançait, tout était sombre, il activa la torche de son Skyphone, l'odeur d'urine de la cour le suivait encore, il sentit que son pantalon était humide aux cuisses.

Avec un courage qui l'étonnait, il pénétra dans la boutique. Rien ne semblait avoir bougé depuis la veille et pourtant dans ce silence et cette pénombre la pièce dégageait une certaine frayeur. Il aperçut au sol une tache sombre, sans doute était-ce le sang d'Arty. Il regarda sur le bureau, sur les étagères, il ne savait pas lui-même ce qu'il cherchait ni ce qu'il faisait là, lorsque tout à coup son Skyphone sonna. Surpris par la sonnerie et les vibrations, Dick lâcha son Skyphone qui tomba à terre, en plein milieu de la flaque du sang à peine sec d'Arty. Dans un monologue de jurons intérieur, il le ramassa précipitamment et décrocha avant que le vacarme n'avertisse les voisins.

— Monsieur Richard ?

— Oui. Qui est-ce ?

— Lieutenant Eleison. Vous avez un instant ?

— Oui, un peu, répondit Dick en se mordillant la lèvre inférieure.

Il sentait ou imaginait le sang à peine coagulé de son ami couler lentement le long de son oreille.

— C'est au sujet de l'homicide de votre ami Arty. Il semblerait que nous ayons un suspect, nous aimerions que vous passiez pour pouvoir éventuellement l'identifier ou non sur les lieux du crime.

— Je ne sais pas, c'est que…

— Vous m'avez mal compris, monsieur Richard. Ce que vous avez pris pour un choix n'était que de la courtoisie, c'est votre devoir de citoyen de tout faire pour nous aider à arrêter le ou les coupables. Je vous attends au commissariat jusqu'à 17 h.

Et, sur cette empreinte dominatrice, elle raccrocha avant qu'il n'ait eu le temps de répondre quoi que ce soit. Il était dans une demi-obscurité, sur les lieux d'un meurtre, un téléphone ensanglanté dans la main. Que venait-il donc chercher ici à part des ennuis ? Un peu d'excitant ? Dick nettoya en quelques coups son Skyphone avec son mouchoir et, sans avoir eu le temps de rien observer, il repartit par où il était venu.

Le commissariat central était un bâtiment flambant neuf, à l'architecture quelque peu braillarde ; chaque détail y criait un égo démesuré et des malversations de pouvoir. Quand il franchit l'accueil sécurisé, il était à peine 16 h, Le portique sonna aussitôt. Dick dut alors vider ses poches dans le bac prévu à cet effet, lorsqu'il aperçut son Skyphone au milieu de ses Skycards. Mais quel idiot fini faisait-il ! Amener à la police son téléphone encore maculé du sang de la victime.

— Vous n'avez plus rien dans vos poches ? lui demanda l'agent en passant un détecteur autour de lui.

— Non. (Si ! cria-t-il en silence du fond de lui-même, un mouchoir plein du sang d'un meurtre !)

Il sentait des gouttes de sueur gigantesques exploser les unes après les autres partout sur son visage. Vraiment qu'avait-il dans la tête lorsqu'il avait décidé d'aller directement au commissariat ? Était-ce au ton péremptoire de sa voix qu'il avait obéi ou à ses jambes finement sculptées ? Il passa la sécurité sans encombre.

— Le bureau du lieutenant Eleison ?

— Les homicides ? Au 12ᵉ étage.

En attendant devant les ascenseurs, il scruta une poubelle, au milieu, comme un appel à une compétition internationale de crétinisme. Serait-il tenté d'y jeter le mouchoir ? Monterait-il les douze étages avant de retrouver le lieutenant Eleison et de s'en servir pour éponger son front humide ? De toute façon, le temps de réfléchir à tout cela, la foule compacte placée derrière lui l'avait refoulé au fond de la cage d'ascenseur. Curieusement la peur l'avait quitté, il n'avait plus le choix, il suffisait seulement de contrôler ses gestes.

Aujourd'hui elle l'accueillit avec un pantalon en cuir marron étriqué qui s'accordait à merveille avec sa chevelure aux reflets de cuivre fauve. Dick réprima un sourire lorsqu'il songea que ce lieutenant savait vraiment ce qu'elle devait faire pour se mettre en valeur, elle maîtrisait parfaitement son apparence et ne vivait pas dans un fantasme idéalisé d'elle-même. Il aimait cela. Les enjeux de sa présence au commissariat lui revinrent d'un coup lorsqu'elle l'accompagna dans une salle obscure au miroir livide.

Lorsque la lumière chassa les ombres de la pièce, Dick crut que c'était un canular, il faillit même rire mais il se rappela *in extremis* où il était et ce qui s'était passé les dernières vingt-quatre heures. Il tourna la tête vers le lieutenant Eleison, elle ne le regardait pas. Ses yeux étaient fixés sur la rangée de suspects alignés derrière le miroir sans tain.

— Alors, vous en reconnaissez un, monsieur Dick Richard ?

Il lui sembla que la prononciation appuyée de son patronyme avait claqué avec un peu trop d'ironie. Il regarda alors attentivement chaque individu posté derrière l'écran, puis se retourna de nouveau vers le lieutenant qui ne semblait pas attendre de réactions de sa part. Pourtant il avait la curieuse impression d'être à observer des sosies plus ou moins ressemblants de lui-même. S'il est toujours difficile de savoir avec précision à quoi on ressemble, malgré nos innombrables reflets qui nous dévisagent si souvent, là, cela semblait presque évident. L'un avait ses cheveux châtains tombant délicatement sur sa nuque étroite, l'autre ses yeux noirs perçants et ses longs cils, encore un autre ses lobes d'oreilles décollés et ainsi de suite jusqu'au dernier de la file, formant ainsi par superposition, un parfait portrait-robot de Dick.

Eleison commença à montrer des signes d'impatience :

— Alors ?

— Je ne me souviens pas en avoir croisé un.

Dick se mordilla la lèvre.

— J'en étais sûr. C'est encore une fausse piste.

Elle avait l'air sincère, ce n'était donc pas un piège imaginé pour le faire avouer ; lui faire avouer quoi d'ailleurs ? L'odeur cramoisie du caoutchouc usé du ventilateur lui remonta aux narines d'un coup. Dick mit la main à sa poche pour s'éponger le front… et il la retint au fond en s'insultant intérieurement. C'était le mouchoir ensanglanté qu'il serrait. Pendant que le lieutenant Eleison lui tendait la main pour le remercier, il réfléchissait à la façon dont il pourrait s'en sortir.

— Merci pour votre collaboration. Nous vous rappellerons si nous avons du nouveau ; restez dans les parages.

La main était toujours tendue et dans quelques dixièmes de seconde il paraîtrait grossier au mieux, ou alors on l'enverrait pourrir en prison jusqu'à la fin de ses jours pour un crime qu'il n'avait pas commis. Sans même prendre le temps de respirer, il s'approcha d'elle et lui déposa un furtif baiser sur la joue droite pendant que la paume du lieutenant vint lui briser les os de la mâchoire.

— Monsieur Richard ! Je ne vous permets pas ! Je ne comprends pas ce qui dans ma conduite a pu vous laisser supposer… Pour cette fois j'en resterai là mais gare à vous si vous tentez de récidiver.

Dick balbutia un « désolé ! », puis sortit les deux mains enfoncées dans les poches, ridiculisé mais libre. Il s'empressa de rentrer chez lui pour avoir un moment de répit dans cette journée qui ne lui en avait pas laissé. Il pourrait effacer ces preuves, qui n'en étaient pourtant pas de véritables mais qui pourraient le devenir dans des mains moins innocentes. Et peut-être pourrait-il se mettre à lire ce fameux livre aux feuilles de papier, peut-être le dernier, qu'on lui avait donné juste une journée avant la mort d'Arty. Pouvait-on raisonnablement penser à une coïncidence ?

Chapitre 3

La réalité n'est qu'une image, une image qu'on a devant les yeux à un instant donné et à laquelle on accepte de croire. La réalité n'est donc ni plus ni moins qu'une croyance, se répétait-il en regardant les *e-cars* rouler silencieusement juste au-dessus du sol devant sa fenêtre fermée. Par nostalgie inconsciente, son cerveau ajoutait un bourdonnement à tous ces véhicules privés de leurs rugissements des années pétrole. L'écologie était aujourd'hui un devoir moral pour tout citoyen, il n'y avait plus moyen d'y échapper. Paradoxalement, alors que le bruit de la nature était maintenant mieux préservé, ces vrombissements sauvages lui manquaient ; tout semblait tellement aseptisé. De l'extérieur rien ne devait dépasser pour laisser place à une vie rêvée par d'autres, un peu comme une autoroute aux aires de repos préprogrammées, pas de possibilité de sortir avant la pancarte ! Ou alors, il fallait choisir de s'arrêter, de descendre au risque de se faire écraser et tenter une échappée belle à travers les champs.

Tout était calme dehors, Dick décida de monter dans sa salle de bain pour y nettoyer son mouchoir et son Skyphone. En y examinant les maculations de sang, il se rendit compte que c'était la réalité, ou tout du moins décida-t-il d'y croire :

Arty était mort assassiné et c'était son sang, celui qui, il y a quelques heures, coulait encore dans ses veines. Il n'avait jamais connu un moment aussi personnel avec Arty. Dick n'arrivait pas à se résoudre à le nettoyer, il aurait l'impression de faire disparaître Arty une seconde fois. De toute façon, maintenant, cela pouvait bien attendre demain. Il cacha alors ces deux épées de Damoclès dans le haut de son dressing, dans un vieux carton à chaussures. Dick avait vu, comme tout le monde, des centaines de séries policières et se rendait bien compte qu'il commençait à accumuler toutes les preuves qui pourraient le conduire directement à l'euthanasie librement contrainte. Mais, à son histoire, il n'arrivait pas encore à donner du sens, à comprendre quel rôle il devait jouer. Dick se rappela alors le livre caché dans la bibliothèque.

La nuit semblait calme, comme d'habitude d'ailleurs, ou peut-être plus que d'habitude. Il descendit l'escalier, assombrit automatiquement les fenêtres, actionna le déclic de la bibliothèque et prit entre ses mains ce livre qui était peut-être la clé de l'histoire. Dick l'ouvrit délicatement. Il passa les premières pages blanches, celles de présentation qu'il avait déjà eu le temps de parcourir, et lorsqu'il découvrit la préface, il remarqua qu'elle était écrite à la main, d'une main qu'il crut connaître ou qu'il n'osait pas reconnaître. Aussi étrange que cela pût paraître, les courbes avaient été délicatement dessinées par un antique stylo-plume, tel qu'il en avait connu à l'école primaire, et encore juste au début, avant que l'écriture manuscrite, à défaut d'être interdite, ne fût plus enseignée. Et dans les entrelacements de ces courbes il crut reconnaître son écriture ou plutôt celle qu'il aurait pu avoir. Comment cela était-il possible ? Comment reconnaître une écriture qu'on a quasiment jamais eue si ce n'est aux prémices, et comment ce livre avait-il pu lui arriver par des méandres si hasardeux ?

Lorsque le Skyphone sonna, son cerveau imaginait toutes sortes de possibilités. La messagerie vidéo s'activa :

— Bonjour Dick, c'est Maman. J'espère que je ne te dérange pas, je voulais te souhaiter une bonne année…

Dick n'eut pas le cœur de ne pas répondre, il cacha le livre sous la table du salon et décrocha le Skyphone.

— Bonjour Maman. Excuse-moi, j'arrive juste. Merci à toi et bonne année à toi aussi.

— Alors, qu'est-ce que tu as fait pour le réveillon ?

— Oh, tu sais, avec quelques amis, simplement.

Il valait toujours mieux un petit mensonge pour avoir la paix. Sinon elle le harcèlerait à rencontrer du monde, elle lui raconterait une énième fois comment à soixante-douze ans elle avait réussi à trouver l'amour grâce aux réseaux sociaux, et à quelques subtiles opérations.

— On aurait bien mangé ensemble avec ton frère pour la nouvelle année, tous les trois. Giorgio peut se faire une cam' demain soir, ça te dit ?

— Pourquoi pas.

Dick réfléchissait à une bonne excuse mais ne trouva rien :

— On mangera quoi ?

— Oh, chacun amènera ce qu'il veut, à 20h ?

— D'accord Maman, je t'embrasse et à demain.

— Bisous. Et range-moi un peu ce bazar dans le salon pour demain.

— Oui, Maman, à demain.

Dick coupa le Skyphone, ces cam' le fatiguaient et encore plus ces faux repas. Au début au moins, tout le monde préparait le même repas, cela pouvait même être drôle quand certaines fois le plat avait été raté. Mais maintenant c'était chacun dans son coin à manger son truc perso et à se montrer photos et vidéos en même temps, toutes ces minutes de vie déjà mortes.

Il reprit alors le livre et lut la préface qu'un auteur inconnu, ou peut-être lui-même, avait écrite, il ne savait plus. Celle-là restait plutôt vague, présentait de manière traditionnelle, sans éclat particulier, la lecture qui allait suivre en interpellant le lecteur sur tel ou tel aspect de l'histoire ou de l'écriture, comme l'intrigue aux riches rebondissements et une écriture moderne et rythmée. Pas de quoi s'extasier ou s'étonner, si ce n'est la dernière phrase qui clôturait cette préface : « Un roman ne peut exister si derrière l'auteur il n'y pas un homme qui a vécu véritablement. Sans une vraie vie, pas de vrai roman. » Puis après, plus rien. Les pages du manuscrit réfléchissaient de toute leur blancheur. Jusqu'à la fin. Plus rien. Au final, Dick pencha pour une mauvaise blague, mais qu'y avait-il de drôle ? De qui cela pouvait-il venir ? Il jeta alors le livre dans la poubelle de la cuisine, se décapsula une bière et se laissa choir dans son canapé. Il se moquait de lui-même et de ses observations ridicules comme cette écriture du manuscrit qui aurait pu être la sienne ou ces mauvais sosies au commissariat. Un homme était quand même mort, mais il ne pouvait pas y avoir de lien… Ce pauvre Arty ! Dick finit à peine sa bière et s'endormit d'une traite pendant que dehors continuait l'incessante ronde des voitures silencieuses.

Il eût sans doute dormi toute la nuit si la notification d'un mail publicitaire ne l'avait pas arraché à son sommeil. Il était aux alentours de 3h du matin. À la fenêtre le monde était endormi et des rayons de lune peignaient de leur blancheur éclatante les murs de son loft. Dick était fasciné par ces rayons comme on eût pu l'être par les flammes vacillantes d'un bûcher, et cette pâleur lumineuse venue des profondeurs de la nuit paraissait dévoiler le vrai visage des choses. Rien ne semblait pouvoir mentir à cette lividité implacable. Puis, en suivant des yeux ces rayons, il remarqua que leur extrémité révélait l'éclat lumineux de la poubelle en inox de sa cuisine. Comme poussé par un désir nocturne irrationnel, il alla récupérer le manuscrit et le rouvrit cette fois à la candeur de la lune, tout en espérant au fond de lui-même qu'il se passât enfin quelque chose dans sa vie. Il avait depuis très jeune cette sensation vague mais tenace qu'il était né pour accomplir un destin exceptionnel. Et depuis des années il attendait que celui-là vienne frapper à sa porte. Depuis deux jours, c'était chose faite, mais s'en était-il rendu compte ?

Dick approcha lentement le livre des rayons de la lune, comme pour préserver encore un peu, un espoir de bonheur ; c'est si proche du bonheur. Doucement il le présenta à la lune, comme s'il croyait à quelque hégémonie surnaturelle et c'est là que la couverture se mit à briller par endroits pour révéler les lettres d'un titre apparaissant les unes après les autres : L.E. D.E.R.N.I.E.R. R.O.M.A.N.

Il ouvrit le livre, tourna les pages blanches vers la lune mais cette fois-ci rien ne se passa, elles restaient désespérément vierges. Dick sentit son cœur en apesanteur quelques secondes, comme lorsque dans son enfance un dos d'âne réussissait à le faire décoller de la route. Il ferma les yeux comme pour savourer l'instant, il les rouvrit doucement : défiant la gravité, un drone policier l'observait de l'autre côté de la fenêtre avec ses deux billes d'yeux infrarouges. En une seconde, il avait sauté derrière son canapé mais il savait qu'il était trop tard, la police allait arriver. Depuis une vingtaine d'années déjà, les livres, sans être interdits, étaient considérés comme suspects, leurs couvertures les protégeaient de la transparence officielle et bien-pensante. Les idées ne peuvent circuler « librement » que sur Internet car tout le monde et chacun peut en vérifier le caractère « inoffensif ». Alors que le livre de par son essence hermétique mettait les idées à l'abri des esprits indiscrets. La morale et la justice étaient de nos jours l'affaire de tous, jamais, même dans les rêves, la démocratie n'avait été poussée aussi loin. C'est Internet qui avait permis cette démocratie mondiale où chacun et tout le monde était décisionnaire. Les tribunaux étaient devenus des sessions Internet où les citoyens étaient choisis statistiquement sur leurs origines sociales, culturelles, religieuses et ethniques, pour être le plus représentatif possible, le plus juste. C'était la démocratie la plus pure où chaque homme égalait une voix, celle de la tyrannie du plus grand nombre, pensait Dick. Il se voyait déjà demain jugé et condamné par un jury d'internautes tirés de par le monde, lorsque le signal de l'entrée retentit dans un éclair de lumières stroboscopiques bleutées. Le lieutenant Eleison, Evee, cintrée dans sa veste en cuir presque trop petite, se tenait dans l'embrasure de la porte :

— Monsieur Richard, il me semble que vous nous avez caché un fait important.

— Vous voulez parler du livre ? bégaya Dick.

— Entre autres, affirma Evee qui excellait dans l'art du flou.

— Je ne vois pas ce que vous voulez dire. Il n'est pas interdit de posséder un livre.

— Strictement parlant, non. Par contre, celui-ci doit avoir été validé par une majorité de citoyens. Est-ce le cas ?

— Je ne sais pas, je l'ai trouvé par hasard.

Dick savait qu'il mentait et que bientôt il serait percé à jour à cause du mail qui le trahirait.

— Par ailleurs les pages sont vierges, si l'on excepte la préface quelconque. Cela doit être un canular.

Evee feuilleta avec attention les pages du livre non officiellement autorisé. Les livres papier ne peuplaient maintenant que quelques rares musées ou greniers désœuvrés. Dick remarqua la douceur avec laquelle elle tournait chaque page, il crut même y lire un certain plaisir dans la commissure de sa lèvre droite qui se rétracta à peine une seconde, comme pour retenir une émotion non approuvée, bien que non interdite. Ce n'était pas l'État-citoyens qui avait interdit le livre ; il avait disparu sous sa forme d'objet seulement pour des raisons écolo-nomiques.

— Vous permettrez sans doute que je vous l'emprunte pour que nous puissions l'analyser plus attentivement. Si c'est un canular, je n'en vois pas le but.

— Moi non plus, renchérit Dick qui tentait de s'innocenter un peu maladroitement.

Evee lui tendit presque brutalement la main pour éviter le malentendu de la veille et disparut avec le livre. Dick se sentit rassuré, pour l'instant ce n'était pas lui qu'on emmenait, il lui restait encore un peu de liberté.

Lorsque tout à coup toutes les vitres de sa maison éclatèrent en mille éclats dans un bruit étincelant. Le souffle ou la peur le projeta à terre, tandis qu'il aperçut Evee allongée, inconsciente sur le sol, le livre dans sa main gauche tendue en avant. Un groupe d'individus armés et cagoulés débarqua de nulle part, s'empara du livre et s'échappa dans un silence électrique.

Lorsque Dick rouvrit les yeux, les yeux d'Evee penchés sur lui, lui transperçaient les siens.

— Monsieur Richard ? Tout va bien ?

— Je crois.

Les ondes de la détonation ricochaient encore entre les parois de son crâne abruti, pendant qu'il se tâtait les membres sans rien sentir. Il pensa alors que c'était le moment de tout lui dire, de jouer cartes sur table. Elle ne pourrait jamais autant le croire que maintenant. Le plafond tremblota, il s'évanouit à nouveau.

C'est la pression sur ses tempes qu'il sentit en premier, puis une odeur de charbon de bois humide. Avant de soulever ses paupières légèrement collées, il pensa même à une gueule de bois mais c'est le bip numérique, court et métallique, qui le tira pour de bon de sa torpeur. Le plafond renvoyait la lumière des murs blancs. Dick se souvint alors de l'explosion chez lui. Son pouls avait dû s'accélérer, car l'écran en face de lui s'alluma d'un coup pour découvrir le visage d'une infirmière :

— Comment vous sentez-vous, monsieur Richard ? Après examens, vous n'avez aucune séquelle de l'explosion, si ce n'est quelques égratignures.

— Ça va, enfin, je crois. Ma tête me fait un mal de chien.

— C'est normal, c'est dû aux ondes de l'explosion, cela devrait aller mieux d'ici quarante-huit heures.

Pendant qu'il l'écoutait vaguement, il lisait son profil en bas à droite de l'écran : « Elen Davis – infirmière en chef du service de neurologie – neuf années d'ancienneté au sein du service – quatre ans en cardiologie à l'hôpital La-Pérouse ». Elle était plutôt jolie avec ses boucles dorées qui dépassaient de chaque côté de son couvre-chef. Quel âge pouvait-elle avoir ? C'était difficile à dire avec la retouche d'image en direct. Il verrait quand elle viendrait, le maquillage mentait moins. L'écran s'éteignit alors et la porte de la chambre s'ouvrit. C'était Evee, avec quelques contusions visibles au visage.

— On peut dire que vous m'avez fait une sacrée frayeur ! J'ai cru que vous aviez passé le pas.

Dick était ravi de cet intérêt nouveau qu'elle lui portait :

— C'est gentil, mais ça va mieux maintenant. Et vous ?

— Oh, quasiment rien. On a vraiment eu de la veine tous les deux.

Evee en profita pour se rapprocher de lui — le lieutenant Eleison n'était pas novice dans l'art de la manipulation — et elle le fixa presque avec tendresse. L'explosion les avait maintenant et à jamais liés, elle avait créé une intimité que rien ni personne ne pourrait entamer.

— Alors, si vous me racontiez tout ?

Dick n'eut pas la force de résister, son cœur se souleva, il faillit même pleurer et lui confessa tout, depuis le début, sans rien oublier. Il sentait ses tempes se resserrer implacablement à l'intérieur de son crâne. Si elle n'avait pas un regard ne serait-ce que vaguement compatissant, il allait imploser, il en était certain.

Alors Evee, lui sembla-t-il, lui sourit tendrement lors d'un instant fugace, car juste après elle ne put contenir un rire allant du sarcastique au caustique en passant par un fou rire indéfinissable. Dick bégaya lorsque, essuyant ses larmes, le lieutenant Eleison le déclara en état d'arrestation pour entrave à l'exercice de la justice, mise en danger et complot contre un fonctionnaire de justice et meurtre au premier degré.

— Mais je viens de tout vous raconter, vous ne pouvez pas me croire coupable. Il n'y a rien de cohérent dans toute cette affaire.

— Ça, vous pouvez le dire ! Vous êtes soit un pauvre imbécile en mal d'aventure, soit un maniaque redoutable.

Le lieutenant Eleison rentrait ces nouvelles données sur son Skyphone afin d'établir de nouvelles probabilités sur le meurtre d'Arty. L'application Skypolice languissait et s'éternisait sous le regard déconcerté de Dick ; la connexion était peut-être médiocre. La recherche se clôtura par un : « données insuffisantes – suspicion d'un programme illégal de mœurs personnelles standardisées ». Dick la regardait regarder son Skyphone avec son joli sourcil en accent circonflexe ; expression désuète d'ailleurs, pensa-t-il, il y a belle lurette qu'il n'y a plus d'accents : jugés inefficaces et improductifs. Evee, la nuque légèrement penchée sur la gauche, posa sur lui un regard doux, alors que sa lèvre gauche remontait délicatement vers son petit nez pointu.

— Pas si bête que cela monsieur Richard ! C'est pour cela que vous avez été voir Arty, j'en suis sûre maintenant : pour lui acheter un programme pirate de pseudo données personnelles. Qu'avez-vous donc à cacher, monsieur Richard ?

— Mais rien, je vous assure. C'est seulement que je n'aime pas savoir qu'on me surveille et qu'on établisse mon profil type.

— Vous préférez sans doute le profil de suspect pour meurtre ?

— Peut-être, pensez ce que vous voulez… Après tout, cela m'est égal.

— C'est pour le bien de tous que sont récoltées ces données, tout y est sécurisé, personne d'autre que Sky ne peut y avoir accès.

— Sécurisé ! Pour la sécurité ! Et si, moi, je ne veux pas vivre en sécurité ?

— Quelle idée ! C'est absurde. Tout le monde veut vivre en sécurité ? Qui ne voudrait pas le bien de chacun ?

— Chacun ? Tous ? Ce n'est personne en définitive, c'est juste une idée.

Evee l'observait alors avec curiosité, cela l'intriguait. Il n'avait pas le profil d'un assassin. Il fallait quand même se méfier, certains déviants pouvaient s'avérer être des comédiens redoutables.

Chapitre 4

De sa chambre d'hôpital à sa cellule, il n'y avait pas grande différence ; les murs et les plafonds étaient d'un blanc aveuglant et d'une propreté clinique, si ce n'est l'écran qui prenait la moitié du mur d'en face et qui fonctionnait sans discontinuer ; juste quelques heures de répit la nuit, pour dormir. Si le but avoué était sans doute de lutter contre l'ennui et la claustration, d'être plus humain, Dick sentait bien que tout cela était fait pour l'empêcher de penser. Ralentir l'esprit par les écrans, ralentir à tout prix sinon l'ennui, la prostration, le désespoir, la désespérance, voire même la pensée en construction. Ralentir absolument, sinon c'était insupportable. Penser cela faisait mal, c'était une souffrance nouvelle et qui se confondait avec son mal de crâne en lui irradiant le cerveau. Dick y revit alors tous ces moments où l'écran était devenu un compagnon impérieux : lorsqu'il cherchait une nouvelle voiture, une amie, un hôtel…, dès qu'il voyait l'ennui poindre. Il revoyait maintenant ces salles d'attente, ces bureaux, ces écoles, ces crèches aux visages rétroéclairés de lumière bleue, ces rues et boulevards anonymes parlant tout haut et tout seuls.

Allongé sur le matelas synthétique de la prison, les yeux et les oreilles tournés vers l'intérieur, Dick pensait enfin, sur rien d'abord, comme porté par le courant, puis son esprit se focalisa sur l'instant, le livre, le meurtre, l'attentat, ses aveux, la prison ; il n'y avait vraiment rien de bon pour l'avenir. Le film qui passait s'interrompit d'un coup :

— Dick, mon chéri !

C'était sa mère ; il avait oublié ce dîner de famille. Qu'allait-il inventer pour être tranquille ?

— Dick, mon appel a été transféré. Tu n'es pas chez toi ? Tu n'as pas oublié au moins ?

Il était difficile, même au travers d'une webcam, de ne pas voir l'environnement carcéral de Dick et son visage contusionné.

— Mais que t'est-il arrivé ? Tu t'es battu ? T'es en prison ?

— Écoute, ne t'inquiète pas, Maman. C'est un malentendu. Je devrais sortir ce soir. On m'a juste interrogé après une explosion devant chez moi.

— Devant chez toi ? Il y a eu un attentat ? Qui veut te tuer ? Tu n'as rien de grave ?…

Devant le flot de questions que sa mère pouvait concevoir à la minute, Dick sentit sa migraine se réveiller, il n'avait pas la force de lutter. Accompagné d'un mouvement de la main, il mit fin à la connexion :

— Je te rappelle dès que je sors, ne t'inquiète pas.

Il fallait qu'il trouve un moyen de s'échapper d'ici, il ne pouvait rester plus longtemps enfermé. Il écrivit un message sur la tablette de la porte de la cellule :

« À : Lieutenant Eleison

De : Dick Richard

Message : Quand vais-je sortir ? Y a-t-il un chef d'inculpation ? Où est mon avocat ? »

Une demi-heure après, la porte s'ouvrit et le lieutenant entra dans la cellule qui se referma aussitôt.

— Monsieur Richard, vous serez libre si vous répondez correctement à quelques questions.

— Ça me va.

— Qui vous a envoyé le mail pour récupérer le livre ?

— Je n'en sais rien du tout, je vous promets. Il n'y a qu'à demander à vos petits informaticiens de génie de retrouver cela.

— On ne vous a pas attendu, ils n'ont rien trouvé, pas une seule trace, c'est incompréhensible, même pas l'écho d'une trace.

— Vous savez, moi, je n'y connais rien en informatique, sinon je n'aurais pas été voir Arty.

— Peut-être. Dernière question : qu'y avait-il d'écrit dans ce livre. Tout semble partir de là.

— Quasiment rien, je vous le répète, juste une préface banale puis seulement des pages blanches.

— Alors pourquoi se donner tant de mal pour le récupérer ? Il a bien une certaine valeur, suffisamment pour prendre le risque de tuer un lieutenant de police.

— Encore une fois, je n'en sais rien.

— Pourquoi seriez-vous victime d'une machination ?

— Aucune idée ! Je n'ai jamais rien fait d'exceptionnel, ni en bien ni en mal.

— Je sais. J'ai lu votre dossier : un passé sans histoire, banal, sans prétention…

Même si c'était vrai, Dick se sentit un peu vexé de l'entendre de deux lèvres si jolies.

— … un examen terminal sans mention, des études de sciences de l'homme mais pas achevées, puis des petits boulots, une opportunité pour être responsable chez un fabricant de canapés amovibles, mais vous avez refusé et actuellement vous vivez de Sky-allocations. C'est dommage. J'ai lu votre dossier scolaire : vous ne manquiez pas de capacités pourtant…

De quel droit se permettait-elle de le juger ? Et puis des capacités pour faire quoi ? C'est vraiment une réflexion d'une médiocrité… Réussir socialement ? Être un bon élément de la chaîne de consommation ? Autant les formes suggérées par ses vêtements lui inspiraient des nuits de délice, autant une telle insuffisance intellectuelle lui faisait redouter les vapeurs de l'arabica matinal. Mais de quoi je me mêle, merde ? C'est là que le gentil garçon posé, bien éduqué qu'il était, sortit de ses gonds, intérieurement.

Le lieutenant sortit de la cellule, pendant que Dick ruminait ces platitudes sur les capacités et la réussite. Il n'avait même pas écouté ce qu'elle lui avait dit en définitive. Il n'y pouvait rien, lui, si rien ne le faisait rêver depuis qu'il était gamin ; les femmes peut-être ? Mais l'amour, ce n'était pas un métier. Pourtant il le sentait, il aurait bien passé sa vie à aimer. Travailler, avoir des collègues, les analyser, établir des stratégies amicales, sociales, professionnelles, ce n'était pas son truc. Dick, lui, était fait pour la beauté. Tout était en train de remonter, comme une crise de la quarantaine précoce. Il avait envie de vivre. Sa liberté, depuis qu'il était enfermé, devenait réelle. Plus que la beauté, c'était l'aventure qui, là, maintenant, hypnotisait ses pensées. Une aventure, une vraie, un risque réel, ça c'était la vie !

Dick osa un regard audacieux et observa avec minutie son minuscule studio carcéral. Il n'avait pas vraiment le choix. Le seul moyen de sortir était celui qui l'avait fait entrer : la porte. Comment s'arranger pour l'ouvrir ? Et puis même, où irait-il ensuite ? Il se cacherait ? Chez qui ? Et puis après ? D'un geste cérébral, il chassa ces idées qui l'empêchaient, là, maintenant, de vivre. Sans s'en rendre compte, il touchait la montre qu'il avait au poignet, une vieille Hamilton automatique qui avait appartenu à son père autrefois, un cinéphile impénitent. Il n'avait jamais su s'en séparer, même si parfois elle peinait à accomplir sa mission initiale. Mû par un instinct primal, il en dévissa une couronne. Son père approuverait, il en était sûr. Avec, il essaya d'ouvrir le boîtier de la tablette principale soudée dans la masse de la porte. Malgré quelques difficultés et quelques limailles de fer qui lui écorchèrent la chair sous l'ongle, il réussit. Que faire maintenant ? Tenter de rejoindre des fils au hasard, comme dans un scénario mal ficelé ? Pourquoi pas ! La caméra le regardait-il ? Une résonance stridente déchira l'écho vide du hall carcéral.

Dick n'en croyait ni ses oreilles ni ses yeux, et d'une main tiède il poussa la porte glacée avec un air ahuri qui défigurait son visage. Le couloir paraissait effroyablement abandonné. Lentement il longea, sans réussir à croire à ce qu'il était en train de faire, tout en tentant d'échapper aux caméras qui devaient le surveiller. Arrivé au bout du couloir malgré ses genoux qui le lâchaient, il hésita, il se souvenait d'être arrivé par la gauche ; à droite cela ne lui disait rien. Dick se dit que, même avec toute la chance qu'il semblait avoir, il ne pourrait jamais repasser par l'intérieur du commissariat. Son choix se porta alors sur l'inconnu. À l'extrémité du nouveau couloir, il n'y avait qu'une porte, qui du fond le regardait fixement, ou pas. Il avançait toujours à pas feutrés et lents, ou peut-être pas, il ne savait plus. Sa réflexion s'allongeait mollement dans le temps relatif, il était perdu, sans point de comparaison. Arrivé juste devant, il regarda derrière lui un instant, puis appuya sur la poignée qui le relâcha sur le parking du commissariat.

Brusquement une vapeur tiède l'enveloppa tout entier d'une odeur de lessive aux reflets bleutés. Une image d'enfance. Une autre bouffée. Une impression de bonheur fugitive. Une troisième. Se souvenir ! Même vaguement ! Pris dans ses moiteurs d'enfance idéalisées, il ne vit pas la camionnette arriver en trombe. Lorsque le crissement de ses pneus sur la neige gelée intima une urgence à réagir, il n'eut pas le temps. Déjà deux hommes cagoulés le cramponnaient et le jetaient à l'intérieur. Sa tête heurta l'angle de la porte.

— Bouge pas, ils arrivent, signifia le plus grand des deux.

Alors que la camionnette redémarrait dans un glissement strident, l'ensemble du commissariat se pressait déjà et tous commençaient à sortir leurs *e-volvers*. Peine perdue, la camionnette avait déjà passé le coin de la rue. C'était maintenant le travail de l'informatricien, les suivre via les caméras fixes et mobiles de la ville.

— Ils sont sur l'avenue principale.

— Ne les perdez pas, conseilla froidement le lieutenant Eleison.

— Ils viennent de tourner sur Liberty Avenue… C'est bizarre, ils s'arrêtent au feu. On dirait qu'ils ne sont pas en cavale.

À peine l'informatricien avait-il dit ces mots que, sur tout le pâté de maison, les caméras s'éteignirent.

— Que se passe-t-il ? s'écria Evee.

— Je ne comprends pas ! Ce n'est jamais arrivé. C'est impossible. Par sécurité, c'est Sky lui-même qui pilote le système de poursuite.

— Appelez-moi le commandant de l'escadre de drones et lancez-les à leurs trousses, nom d'un chien ! s'énerva le lieutenant Eleison.

Ils retrouvèrent bien la camionnette. Elle était vide et les dégâts causés par l'incendie volontaire avaient effacé toute trace.

Durant la poursuite, Dick se trouva étonnamment calme. Les deux individus et le chauffeur semblaient savoir ce qu'ils faisaient et ils ne montraient pas d'animosité particulière. D'ailleurs il n'avait aucune idée du pourquoi on l'avait enlevé. En ce moment, ils le conduisaient précautionneusement à travers les égouts de la ville. Il n'osait pas parler et obéissait sans sourciller à ses ravisseurs. Au terme d'une bonne heure de fuite dans ces canalisations géantes, ils débouchèrent à la surface dans un obscur sous-sol. Les hommes montèrent à l'étage en lui recommandant fermement de ne pas bouger, jusqu'à ce qu'ils reviennent, parce qu'elle voulait lui parler. Elle ? Mais qui était-ce, elle ? Dick le saurait bientôt. Il attendit calmement quelques minutes pendant que la pénombre se laissait déchiffrer peu à peu, puis entendit des pas descendre l'escalier.

Chapitre 5

Elle lui apparut irréelle : ses yeux intensément bleus se dévoilèrent sous la lumière jaune d'une vieille ampoule, d'un vert puissant et électrisant. Elle le fixait autant qu'il la dévisageait, tournant autour de lui ; lui, ne bougeait pas. Le silence les entourait autant que la presque pénombre. Tous deux sentirent l'air se raréfier et alourdir leurs poumons, progressivement, après chaque respiration. Elle se posta alors devant lui, sous cette ampoule qui n'éclairait vraiment qu'elle-même, ses cheveux passant d'un doux doré à un brun intense, caféiné. Dick devinait en ombre chinoise une silhouette d'un aérodynamisme supérieur. C'est elle qui écorcha le silence :

— Alors, c'est vous ?

Étonné, même amusé, Dick acquiesça :

— Il me semble que oui… mais à qui ai-je affaire ?

— Monsieur Dick Richard ?

— Oui, c'est moi. Il ne faudrait pas être déçue, après une bonne nuit de repos et une bonne douche, je suis un peu plus présentable, voire même séduisant si l'éclairage est en ma faveur.

— Sonya Grumberg. Attachée culturelle pour le consulat de France à New York. Nous avons pris de très gros risques pour vous exfiltrer. Tout s'est bien passé. Aucune piste ne devrait mener jusqu'à nous.

— Mais que me voulez-vous vraiment ? Je ne vois pas en quoi mon kidnapping est une plus-value culturelle pour le gouvernement français.

— Je ne comprends pas. Vous ne savez pas pourquoi vous êtes là ?

— Pourquoi ? Je devrais ? s'étonna Dick en soulevant négligemment son sourcil gauche jusqu'à dessiner un accent circonflexe.

— À vrai dire… oui.

— Et pourquoi ?

— Parce que, monsieur Richard, tous nos ordres nous viennent directement et seulement de vous. Depuis trois mois déjà.

— Je ne sais pas de quoi vous voulez parler ? Comment je pourrais vous donner des ordres ?

— Toujours de la même façon : vous nous contactez par e-mail, puis nous vérifions, comme vous nous l'avez enseigné, qu'il n'y a pas eu piratage et nous éprouvons l'intégrité de votre adresse IP. Ensuite j'en réfère au ministre et, si tout est en ordre, nous appliquons vos directives.

Dick était abasourdi, lui, pauvre allocataire paumé, donnait des ordres au gouvernement français, qui lui obéissait sans hésitations.

— Mettons que je vous envoie ces e-mails, dont je n'ai aucune connaissance, pourquoi donc vous y soumettez-vous ?

— Ce sont les ordres, monsieur Richard. Nous avons ordre de vous obéir. Je n'en sais pas plus que vous ; je vous avouerais même que je suis un peu surprise par votre étonnement. Nous allons demander une procédure d'authentification supplémentaire, si vous voulez bien.

Délicatement, Sonya Grumberg, attachée culturelle pour le consulat de France à New York, lui avait pris sa main à lui dans la sienne et l'avait posée sur la surface lisse et froide de sa tablette. Dick exploita alors instinctivement cette position plus proche pour inhaler profondément sa chevelure mordorée ; il ferma les yeux et reconnut de subtiles fragrances chaudes et vanillées qu'il avait du mal à relâcher de ses poumons emplis. La plainte numérique du scan rapide le réveilla. Elle lui lâcha la main. Il s'avéra qu'il était bien qui il prétendait être, ce qui la rassura autant que cela l'alarmait. Sonya s'enquit alors des nouvelles instructions. Dick ne savait quoi lui répondre et tenta d'éclairer ses questionnements :

— Où sommes-nous ici ?

— Dans les sous-sols du consulat de France. Personne ne peut rien contre vous, nous sommes ici en territoire français.

— Le consulat de France, ânonna Dick.

Il voulut monter à l'étage pour vérifier que tout cela n'était pas un immense canular. En escaladant les marches grinçantes d'un vieux chêne, il pensa à Arty, à qui il monnayait la main mise sur son ordinateur depuis des mois. Mais c'était trop torturé, trop complexe ; il n'arrivait plus à réfléchir, seulement des décharges continues électrisant son cerveau de tempe à tempe. Il avait envie de boire un verre, quelque chose de fort, n'importe quoi du moment que ça soit fort ! Pourtant il se passait bien quelque chose : Arty était mort ; lui, avait été emprisonné ; le gouvernement français l'avait fait s'évader...

C'est sûrement la pâleur de Dick qui incita Sonya à lui offrir un verre au premier étage. Cette fois-ci, ses pas s'enfonçaient dans une lourde moquette pourpre aux motifs or. Derrière les deux portes dont elle n'ouvrit qu'un seul battant, il trouva un petit salon au charme suranné : un immense tapis d'Orient sur lequel reposait des meubles en bois vieux et précieux, des commodes, guéridons, fauteuils Louis quelque chose... dont l'assise était loin d'égaler les canapés modernes, mais qu'est-ce qu'on s'y sentait, tout à coup, important. Dick se redressa immédiatement sous l'injonction du dossier. Quelle sensation étrange ! En faisant s'entrechoquer les glaçons de son verre, sans doute espérait-il briser le silence pesant qu'inspirait cette pièce d'un autre âge. Dick était assis, droit comme un « i » dans son fauteuil, la brûlure de l'alcool lui descendait dans la gorge comme une coulée de lave, éveillant en lui des sensations inconnues, oubliées : un peu de bois pourri, des corn-flakes, une pizza au romarin et un doigt de tabasco !

— Vous aimez ? C'est presque introuvable, un véritable *product of Scotland*.

— Peut-être, je ne sais pas. C'est bizarre, comme tout ce qui m'arrive et m'entoure. J'ai l'impression d'être un pion dans un jeu dont je ne connais ni les règles ni les joueurs.

— Monsieur Richard, si mon gouvernement m'a expressément intimé l'ordre de vous obéir, c'est que les raisons doivent être de la plus haute importance. Depuis des années déjà, mon gouvernement, aidé secrètement par d'autres pays, tente de convaincre pour la préservation d'un art de vivre plus traditionnel. Après avoir accepté aveuglément chaque nouvelle avancée technologique, en ayant pour maître mot le confort et la sécurité, on en a presque définitivement oublié la technique, la technique de l'écriture, de la peinture, de la sculpture… À quoi ça sert vraiment ?

— Ce n'est pas moi qui vous répondrai.

— Quoi qu'il en soit, c'est de vous que nous sommes censés attendre les ordres.

Une bouffée d'alcool tenta un retour imprévu par son œsophage, avec une partie de son déjeuner. Il ré-avala instantanément l'ensemble dans un gloussement étouffé d'acidité. Tout à coup, Dick se souvint du livre :

— C'est vous qui l'avez dérobé alors ?

— Bien sûr, comme vous nous l'aviez demandé.

— Où est-il ?

— Dans le coffre. Vous voulez le voir ?

— Mais qu'y a-t-il dedans, s'écria Dick, qui fait qu'on a tué Arty et qu'on m'a jeté en prison ?

— Aucune idée. Nous ne l'avons pas ouvert, comme vous nous l'aviez précisé.

— Puis-je le voir ? insista Dick.

Sonya se dirigea vers la vieille commode en bois de noyer et actionna un mécanisme adroitement dissimulé par-dessous qui libéra un tiroir clandestin recelant le fameux livre. Elle lui tendit. Dick lui demanda de l'ouvrir et de lui dire ce qu'elle en pensait. Délicatement Sonya le manipula, précautionneusement elle l'ouvrit et déchiffra les premières inscriptions.

— Alors ?

— Alors quoi ? s'étonna Sonya.

— Qu'en pensez-vous ?

— Pas grand-chose. J'avoue que je me demande même pourquoi nous avons pris tant de risques pour vous et ce livre. Il n'y a strictement rien, seulement quelques pages blanches.

Par la fenêtre du premier étage, le soleil tomba précipitamment derrière les hautes tours aux damiers lumineux. Dick reprit le livre et décida, malgré les insistances de Sonya, de rentrer chez lui, ou ailleurs. Cette fois-ci il avait besoin de plus d'un verre. Sa mère et son frère lui revinrent à l'esprit. Il ne savait plus quel jour on était. Il était persuadé que c'était aujourd'hui ; il était un peu plus de 17 h 30. Dick allait rentrer… chez lui, il n'avait pas vraiment le choix. Il ferait attention avant d'arriver que personne ne le surveille. Il tourna le dos à Sonya, son souffle s'accéléra au rythme de son pas et de ses terreurs. Dick imaginait différents scénarios dans son esprit. Sonya se posta devant lui pour le ralentir, leurs cheveux se frôlèrent.

Un fourmillement électrisa les lèvres de Dick, ses yeux se figèrent dans les siens, il s'y engouffra. On eût cru que des mains invisibles les rapprochaient irrésistiblement, ils ne pensaient pas à lutter, plus rien n'avait d'importance que ces centimètres, ces centimètres qui s'estompaient pour mieux unir leurs deux souffles simultanément prolongés et retenus. Sonya pencha presque insensiblement sa tête sur son épaule droite. Dick n'avait plus qu'à engager ses lèvres frétillantes. À ce moment, il sentit comme un serpent embrasé s'éveiller, encore humide de ses désirs les plus ardents. Cette implacable chaleur, il la propagea à ses mains qui la déchargèrent sur sa prodigieuse poitrine raidie dans son armure de dentelle. Elle lui mordit la lèvre. Il serra son sein plus fort dans sa main, tandis que leurs visages s'écrasaient presque dans un baiser langoureux que troublaient seulement de petits bruissements cristallins. Leurs mains cherchèrent alors nerveusement à mettre à nu ces deux torses, à provoquer ce contact de la peau, qui rendrait inévitable la suite. Alors que leurs corps s'appliquaient l'un contre l'autre, elle abandonna la tête en arrière un instant et le dévisagea de ses deux fantastiques lunes noires qui avaient envahi ses yeux. C'est alors que brutalement elle le fit basculer sur le tapis dans un bruit sourd de verre brisé. Une seconde qui parut une éternité. Elle ne bougeait plus, son corps inerte sur le sien si vigoureux ; elle, si froide maintenant, lui, encore incandescent. Il ne voulut pas comprendre. Dick ânonna quelques mots que le vide du silence fit ricocher avec effroi. En une convulsion, il la projeta sur le côté. Un trou au milieu du front, elle était morte, ses pupilles démesurées pour l'éternité.

Chapitre 6

Les murs blanchis des immeubles sans âmes défilaient à toute allure sur les côtés du visage de Dick. La flagellation du vent hivernal lui lacérait les yeux et des larmes roulèrent enfin le long de ses joues. Il courait sans cesse, à perdre haleine, à repousser les limites, il courait pour pleurer, pour ne pas pleurer, pour lutter contre la mort, contre la vie. Il courait parce qu'il ne savait pas quoi faire d'autre et que son corps ne lui en avait pas laissé le choix. Il courait comme s'il n'allait jamais s'arrêter, comme si toute sa vie dorénavant allait se passer ainsi, il courait derrière la vie, poursuivi par la mort. Il n'éprouvait pas de fatigue, l'horreur du cadavre commença à s'estomper. Depuis combien de temps n'en avait-il pas vu ? Il avait l'impression de n'en avoir jamais vu. Si, son arrière-grand-mère peut-être, il y avait si longtemps, il était si jeune, huit ans, dix ans, possible, pas plus, c'est certain. Aujourd'hui, ce n'est pas que c'est interdit vraiment, mais, à force d'être déconseillé, c'est devenu du pareil au même. Interdit, déconseillé, on n'entend plus la différence. Dire que certains s'offusquent encore que des enfants ne connaissent pas la véritable forme d'un poisson… mais un mort, tout le monde s'en fout !

Dick commença à penser à son souffle et s'essouffla, ou l'inverse, pourquoi pas ? Il ralentit progressivement et continua en marchant, serrant fort le livre contre la doublure de son blouson. Déconseillé ? Pour des raisons psycho-médicales ? Mon cul ! L'occasion était trop belle. Ça fait des millénaires que l'être humain fait dans son froc à chaque fois qu'il doit regarder un mort droit dans les yeux. C'est pour cela qu'il a inventé tout le tintouin : l'encens, les mots magiques, la vie éternelle…, mais ça suffisait pas. Alors, quand les scientifiques ont suggéré qu'il pourrait y avoir un danger, un risque – aussi infime soit-il – pour les personnes sensibles, les allergies – on ne sait même plus quoi et tout le monde s'en tape –, alors là le monde a soufflé un grand coup. Ouf ! Enfin on serait plus obligés de regarder ces putains de morts en face, ces corps inertes, pas même humains, ces sortes de bûches mal sculptées, sans âmes, sans art ! Et voilà, l'affaire était réglée, on a refermé le cercueil un peu plus tôt, c'est tout. Pas de quoi en faire un drame. Un peu de répit dans cette course effrénée vers la mort, un peu moins d'horreur, fini les morts, fini la mort, éjectée, bannie, aux chiottes la mort ! Plus que la vie, la belle vie, celle qui bouge devant le miroir, celle qui a des couleurs, de la chaleur, celle qui donne envie, qui excite… Sonya… elle est morte, et il ne saura sans doute jamais pourquoi. De toute façon, Dick ne comprenait rien et l'haleine grisâtre qui sortait de sa bouche, malgré sa transpiration, l'incita à trouver un endroit où s'abriter dans la nuit gelée qui commençait à boucler la ville. Chez sa mère ? Il faudrait répondre à ses questions, la supporter, faire semblant, c'était trop. Là, il n'avait pas la force. Son frère ? Prendre l'avion ? Beaucoup trop loin et trop risqué, en plus c'est un casse-couilles de première. Il ne parlerait que de lui et de son boulot… peut-être de ses vacances ? Le lieutenant Eleison ? Mauvaise idée. Sexualité deviendrait tout à coup vraiment obsessionnelle ? De mauvais goût avec ce qui vient de se passer. Pour l'aider ? Pourquoi elle voudrait ? Aucune chance. Un bar ? Oui, pour réfléchir. Pour boire et pour réfléchir.

À l'extrémité de la rue, le regard de Dick fut attiré par d'archaïques néons rouge-orangé qui frissonnaient dans le froid. Au-dessus de la lourde porte opaque ne clignotait plus qu'un énigmatique « PUB » ; une occasion rêvée pour se faire une pause et s'abrutir un peu le cerveau. Un tressaillement lui parcourant l'épine dorsale le jeta presque à l'intérieur. La porte refermée, on eût cru le temps suspendu depuis une cinquantaine d'année : un comptoir en acajou vernis au zinc ridé, des lumières si tamisées qu'on en cherchait les bougies, un vieux jeu de fléchettes électronique, des photos en noir et blanc sur les murs et la porte des WC en face de l'entrée, à l'autre bout du couloir. Seuls trois clients avaient daigné le précéder. Deux anciens représentants des lois de la rue au vu de leur coiffure un peu trop rase sur les côtés et de leur coup d'œil angulaire si particulier, à vous dessaper une nonne un soir de Noël. Au fond de la salle, une femme rendue androgyne par la solitude dialoguait silencieusement avec sa pinte derrière sa doudoune sans manches.

Dick choisit d'escalader fébrilement un des tabourets en bois jouxtant le comptoir. Il fit mine au barman, qui lui rendit et lui servit une pinte. Ce visage ambré et déformé était-il le sien ? Il sentait derrière lui des regards effilés comme des lames de couteaux. Il se retourna : chacun, chaque chose était à sa place. Dick « paranoïait ». Rassuré par sa folie, il se crut alors à l'abri. Il sortit le manuscrit, reparcourut les premières pages lentement, réfléchit quelques instants ; il n'avait pas de crayon. D'un mouvement des yeux guidé par la nuque, il examina le comptoir. Rien. Nerveusement, il tâtait le manuscrit qui d'un coup lui parut plus épais. Il palpa encore et y trouva un minuscule crayon glissé entre les deux pages du milieu. Il se décida à noircir les premières pages blanches. Après tout, que risquait-il ? Il était recherché par la police, peut-être même pour deux meurtres, il allait disparaître de la circulation pour un bon moment. Le barman l'interpella :

— Vous écrivez ? Cela fait une paye que je n'avais pas vu un client sortir un cahier et un crayon ici.

Jusque-là, Dick n'avait qu'à peine fait attention au barman dont le sourire semblait plutôt sympathique et franc.

— Je ne sais pas, je sens que j'aimerais, mais je ne sais pas par où commencer.

Tout en essuyant son verre, le barman lâcha un petit rire.

— Bah ! Par le début.

Par le début ? Bien sûr. Mais quand est-ce que cela avait réellement commencé ? Par le mail ? Le rendez-vous dans le parc ? Le meurtre d'Arty ? Par le jour où il était né ? Avant ? Ses parents ?

Il tenta, il raya, essaya, puis ratura et continua ainsi. Il fallait commencer. Par quoi ? Cela importait peu car ce par quoi il commencerait serait fatalement le début !

C'est ce moment-là que choisit l'escouade antiterroriste pour faire exploser la porte du pub. Les rayons lumineux fixés aux casques des agents balayaient la salle lourde d'une brume étouffante. Dick n'eut pas le temps de réagir qu'il était déjà à terre, projeté par le souffle, pendant qu'on l'immobilisait. Dans la fumée blanche, les autres clients et le barman s'étaient évaporés.

Lorsqu'on le poussa énergiquement dans la cellule, il ne comprit pas tout de suite ce que faisait Evee sur la couchette froidement métallique.

— Interrogez-moi ! Je vous dirai tout ce que vous voulez savoir.

Evee le regarda furieusement.

— J'en ai plus rien à foutre de vos conneries !

On eût cru que ses yeux s'électrisaient de vert.

— C'est à cause de vous si je me retrouve ici.

— À cause de moi ?

— Oui, ils m'ont bouclée car le Skylab a soi-disant trouvé des indices qui me relieraient à vous. J'ai une probabilité de complicité trop importante. Alors maintenant, vous allez leur dire que je n'y suis pour rien, que tout ça s'arrête.

— Mais j'aimerais bien que tout ça s'arrête, moi aussi ! s'énerva presque Dick.

Il avait une envie folle de la prendre, maintenant, tout de suite contre le mur, sur la couchette, contre les barreaux… contre les barreaux ! Le coup qui lui fit rencontrer son scrotum et son gosier lui coupa la voix, le souffle et l'envie nette. Tout se lit dans les yeux.

— Maintenant que vous êtes calmé, avouez-moi ce que vous savez.

Cette fois-ci, Dick lui raconta tous les moindres détails, sans rien omettre, pas même le téléphone baignant dans le sang d'Arty et la mort de Sonya. Evee demeurait perplexe et l'amusement qu'elle semblait tirer de certaines précisions n'était pas loin d'exaspérer Dick.

À peine avait-il fini, avant qu'Evee ne puisse dire quoi que ce soit, le déclic glacé du ressort de la gâche les fit se retourner. Encore ? Cela devenait insensé, presque risible. Le lieutenant Eleison retenait Dick en silence :

— Vous êtes idiot ; ça ne peut que tout aggraver.

— Aggraver à quel point ? Si on reste ici, je sens bien un reconditionnement complet.

— Vous n'en savez rien. Faites confiance à la justice. Si vous êtes innocent, elle saura le prouver.

— L'innocence ne devrait pas avoir besoin de preuves. Et si cette justice est si parfaite, que faites-vous là alors ?

— Je ne sais pas, je ne sais plus…

Pour la première fois, Evee avait quitté sa carapace et ses yeux avaient délaissé les éclairs du ciel pour s'en remettre à la brume océane. Dans un geste quasi héroïque, Dick la prit contre lui et l'emmena à l'extérieur de la cellule. Evee semblait ne plus pouvoir opposer de résistance, sa conscience avait été retournée. Il reprenait alors le même chemin que plus tôt, mais, cette fois-ci, ils étaient deux. Même si Evee paraissait ailleurs, elle ne tarderait pas à se reprendre et à être d'une aide précieuse, Dick n'en doutait pas, et puis quelles courbes !

Dans la nuit noire, les pauvres étoiles du goudron givré paraissaient bien lointaines. Dick devança Evee qui lui laissa involontairement sa main. Tout était silencieux et vide. On percevait seulement une brume chaude s'échapper de leurs gorges. Déjà Evee commençait à se reprendre en expérimentant le contact chaud de la main de Dick.

— Allons chez moi, proposa-t-elle. Tant que l'alerte n'est pas donnée, on pourra y prendre quelques affaires. C'est d'ailleurs étrange que notre fuite n'ait pas encore été signalée.

— N'est-ce pas ? souligna Dick, que plus rien n'étonnait depuis quelques jours.

— Je vois bien. Cela va dans votre sens. Dans un moment pareil, vous manifestez cette satisfaction… Pourtant ça ne veut pas dire que je crois à vos histoires.

— Mais vous êtes là, avec moi.

Ils s'approchèrent avec précaution du croisement de rues qui menait au condominium d'Evee. Pas de surveillance physique apparente. Ils contournèrent quand même les caméras de surveillance, qu'Evee connaissait par cœur. L'intérieur de son condom étonna Dick. Il n'avait pas eu le temps de réfléchir à quoi s'attendre, mais certainement pas à ça. Cela l'effraya même un peu. Une femme si bien modelée pour l'amour, un caractère trempé à la démarche sûre et cambrée et ce regard sombre et pénétrant ; il aurait pu s'attendre à quelques secrets, quelques mystères, mais pourtant, rien. Tout était lisse comme une image publicitaire, presque une caricature. Une technologie dernier cri dissimulée derrière une apparente sobriété. Pas un câble, pas d'appareils visibles, juste quelques meubles pratiques, froids – elle, pourtant si incandescente ! –, un compromis de simplicité et de confort, un outil pour ne plus réfléchir, plus agir.

D'un geste précis, les fenêtres s'obscurcirent et des lumières tamisèrent la grande pièce centrale.

— Nous n'avons que peu de temps avant que la Skypolice ne découvre notre cavale. Il faut prendre le strict nécessaire et trouver un lieu sûr. J'ai une idée…

Dick la regarda s'affairer, il ne savait pas quoi faire ni que prendre. Il dévisageait bêtement un énorme couteau de cuisine sur le plan de travail, son cerveau était ramolli. Que pourrait-il bien en faire ? D'aussi loin qu'il se souvienne, il ne s'était jamais battu. Evee avait déjà rempli son sac d'objets divers. Dick n'avait pas vraiment regardé. Elle l'entraîna vers l'ascenseur, ils descendirent au niveau -1 et errèrent dans les sous-sols aux plafonds bas pour arriver devant un box anonyme qu'Evee ouvrit d'un geste métallique. En actionnant le minuteur, Dick découvrit avec stupeur ce secret qu'il désirait ardemment qu'elle eût, quelque chose d'inavouable, de répréhensible… une moto au moteur archaïque : une vieille BMW R100 à carburateur. Une véritable machine à remonter le temps, un hymne à la révolution industrielle, mais que le son ne rendrait pas discrète. Ils allaient se faire prendre au premier carrefour. Evee lui sourit. En regardant de plus près, Dick remarqua une drôle de batterie un peu disproportionnée.

— Je lui ai greffé un moteur électrique pour pouvoir sortir de la ville. Nous serons invisibles.

Elle lui donna son casque, il ne refusa pas ; elle enfourcha la machine la tête nue, puis bascula le cou pour lui faire signe de monter derrière, et déjà ils s'échappaient des sous-sols aux inflexions sonores et silencieuses d'un moustique inapaisé. Collé contre Evee, Dick se laissa emporter par le défilement des trottoirs de béton et des lumières nocturnes qui se succédaient. Malgré la fraîcheur du vent qui s'infiltrait aux interstices de ses vêtements, son torse à lui emmagasinait la tiédeur de son dos à elle. Il ferma les yeux… juste un bruissement de vent. Lorsqu'ils quittèrent la ville, Evee appuya sur un commodo du guidon qui fit taire le sifflement pour libérer, dans le silence de la nuit sans étoiles, un rugissement sépultural. Les vibrations du vieux bicylindre à plat conjuguées au revêtement rugueux de la route l'enivrèrent définitivement.

Lorsqu'il rouvrit les yeux, une heure avait peut-être passé, ils étaient tous deux devant une petite maison et le bruit du moteur avait laissé place aux murmures de la nuit.

— Elle appartient à des cousins éloignés de mon père. Ils ne viennent presque jamais. On devrait être tranquilles pour un moment au moins.

Evee saisit la clé dissimulée derrière une pierre grossière et l'inséra dans la serrure un peu rêche. À l'intérieur tout était simple et rustique : du bois râpeux, du verre gras et de vieux tapis indiens. Des meubles anciens qui avaient découvert une nouvelle vie avant la mise au rebut définitive ? L'odeur poussiéreuse qui encombrait les narines et les bronches invoquait des pans de souvenirs lointains ou de fantasmes méprisés. Dick humait l'atmosphère de cette grande pièce aux poutres apparentes comme on respire le bonheur, en fermant les yeux et en priant pour que ça dure. Le craquement oublié d'une allumette brisa cette pause intérieure. Evee alluma une bougie qui trônait seule sur la cheminée en pierres rondes, polies par un temps que nul n'avait connu aujourd'hui. Dick faillit vomir.

— Il va falloir se reposer et demain on avisera. Je vous montre la chambre. Je prendrai le canapé pour cette nuit.

Dick ne broncha pas, pas même une stupide galanterie déplacée. Dans cette situation, c'était elle qui maîtrisait. Pas même une envie de la basculer avec force sur le canapé pour l'étreindre... non, juste l'idée qui traverse l'esprit et qu'on ne retient pas. Pourtant, lorsqu'il ferma la porte de la chambre et qu'Evee se recroquevilla sous la couverture du canapé, l'enfant terrifiée qu'elle avait été, il y a si longtemps, reparut un instant au fond de ses yeux d'un jaune sépia. Dehors, la nuit sombre avait disparu et des milliers d'étoiles semblaient s'être réveillées pour leur inspirer une lueur d'espoir. Derrière la baie vitrée, l'océan était noir comme du pétrole.

Chapitre 7

Ce furent le cri des mouettes et l'explosion des vagues sur la grève qui les réveillèrent, et la faim aussi. Ce matin-là, pas de café, pas de petit déjeuner, juste l'aigreur de la veille qui commençait à tirailler le ventre et exacerbait l'esprit, que Dick n'avait jamais senti si pénétrant. C'est là que le son sec d'un poing sur la porte d'entrée les fit se retourner. Dick était hagard. Evee se dirigea droit vers la porte.

— C'est Milos, un ami, je l'ai appelé hier soir. Il est programmeur chez Skyphone, il devrait pouvoir nous aider.

Dick observait ses grands yeux qui avaient retrouvé tout leur éclat de jade. C'était sûr, elle avait dû se laisser séduire par la campagne de Skyvision. À force d'avoir leurs yeux rivés à des écrans aux couleurs exacerbées, beaucoup supportaient mal la grisaille des couleurs réelles. Ils en finissaient même par croire que les véritables couleurs étaient celles des photos que prenaient leur Skyphone. Des chirurgiens avaient cherché le moyen de « réchauffer » les couleurs et l'opération consistait à injecter quatre à cinq pigments de silicium aux bordures de la pupille. Maintenant bénigne, cette opération était remboursée pour ceux qui avaient la chance de bénéficier de la mutuelle Sky Santé. Les autres, les moins chanceux, pouvaient toujours opter pour des lunettes aux effets assez proches à un tarif plus abordable. Ceux qui avaient subi l'opération étaient reconnaissables par cette couleur instable de l'iris. Si, au début, les scientifiques avaient parlé d'effet indésirable, c'était vite devenu un signe extérieur de richesse très recherché. Evee paraissait en faire partie. Dick, lui, n'avait jamais osé franchir le pas, le passage sur une table d'opération, ne serait-ce que de quelques minutes, le tétanisait au plus haut point, et spécialement si sa santé ne l'exigeait pas. Et puis cette tiédeur colorimétrique du monde, il avait su l'apprivoiser.

— Salut ma petite femme !

Milos serra Evee dans ses bras avec une trop grande camaraderie qui fit sourciller Dick.

— Bonjour Milos. Je suis vraiment contente de te voir. Pourtant rien n'a jamais été si mal.

— Allez, tu dois forcément exagérer. Ça ne peut pas être pire que quand tes parents nous avaient surpris en train de houspiller une innocente chrysomèle du maïs : un mois sans écran !

— Je me souviens aussi des corvées que tes parents avaient ajoutées. Mais c'est vrai que je ne t'ai pas dit grand-chose.

Milos avança vers Dick qui était resté en retrait derrière Evee.

— Bonjour, moi c'est Milos.

— Dick.

— Enchanté, Dick. Où je pose ça ? Je suppose que vous devez avoir faim.

Milos sortit alors de son sac une nourriture inespérée : quelques boîtes de conserve, du café, des fruits, du pain, de la margarine et un ersatz de *bacon* élaboré à partir de tomates séchées, de figues et d'autres ingrédients insoupçonnés. Il n'eut pas besoin d'attendre une réponse qu'Evee et Dick l'avaient déjà remercié par leur précipitation à préparer un petit déjeuner digne de ce nom. Esclave moderne de ses anciennes impulsions cathodiques, Dick écrasait les oranges comme on pulvérise des zombies dans les couloirs d'un immeuble en ruine. Evee, elle, avait nettoyé la poêle à frire et s'employait déjà à regarder le *bacon* frémir. Rien n'avait plus d'importance, là, maintenant, que ce repas, que d'assouvir ce tiraillement, de satisfaire cette salive qu'on avale ; sauf peut-être ce déhanchement presque imperceptible qu'exécutait Evee en frôlant le plan de travail de son pli inguinal.

— J'ai déjà mangé, sourit Milos. Faites-vous plaisir !

Dick et Evee lui sourirent presque bêtement en déglutissant leur *bacon* à peine cuit.

— On a besoin d'un accès à Skypolice, articula Evee, la bouche à demi pleine.

— C'est tout ?

Evee commença à lui expliquer tout le déroulement des événements depuis que Dick avait passé la porte de chez Arty. Milos fronça les sourcils quelques instants, les effluves de *bacon* avaient contaminé les fils de laine du tapis arapaho, ou navajo.

— Ce que je ne comprends pas, c'est ce fameux livre. Où est-il maintenant ? C'est la Skypolice qui l'a ?

Evee l'ignorait. Au moment où la brigade spéciale défonçait la porte du pub, elle cogitait déjà amèrement derrière les barreaux.

— Tout semble laisser croire que c'est la clé du mystère.

— Pourtant, répéta Dick, il n'y a rien dedans. Je l'ai ouvert : à part une préface farfelue, il n'y a rien.

— Mais les livres papier ont été mis hors la loi à cause de leur trop forte contribution à la note carbone.

— Ah oui ! se souvint Evee, celle qu'utilisaient les banques pour définir l'indice d'emprunt pour les États. Même que les médias de l'époque parlaient d'une économie progressiste, celle qui réussirait à conjuguer économie et progrès de l'humanité.

— Il resterait encore quelques stocks de papier qui auraient échappé aux chaleurs des brasiers ? remarqua Milos.

Il retourna alors à son *e-car* et sortit de son coffre une toute petite valise un peu en forme de cube. Une fois ouverte sur la table basse devant la cheminée, Dick et Evee découvrirent un objet énigmatique que Milos leur présenta comme étant un Minitel, une invention française des années quatre-vingts qui avait imaginé Internet.

— L'avantage, expliqua Milos, c'est qu'avec ça, on est sur le réseau filaire mais sur des fréquences oubliées depuis longtemps, car trop asthmatiques pour les métadonnées d'aujourd'hui. En gros, ce sont des chemins de campagne qui longent les autoroutes et, si on est patient et qu'on fait un peu de hors-piste, on arrive à s'introduire dans le réseau Sky de manière quasi invisible. Même s'il nous devine, on est partis avant d'être repérés et il nous gère comme une anomalie de type A.

—Alors vas-y ! s'excita Dick.

—Où veux-tu que j'aille ? demanda Milos en trifouillant les branchements de son appareil obsolète. Je cherche le livre ou le papier ?

—Commence par le livre, intima Evee.

—Ok, alors maintenant il va falloir être patients, vous pouvez faire chauffer un bon litre de café.

Evee s'empressait à faire le café lorsqu'un cri stridulant fit résonner les murs et les poutres du salon, de pierre à bois, de bois à pierre.

—Ça y est, c'est parti ! Observez l'artiste, rien dans les manches…

Milos parlait de manière saccadée, comme il tapait sur les touches.

—… rien dans les poches. Je longe le réseau de Skypolice… j'attends une légère oscillation… hop ! je me faufile sur le réseau principal grâce à une ligne de code maison, une ligne miroir… ma ligne de code va réfléchir la ligne de code qu'elle remplace et on sera invisibles, escamotés derrière…

Ces longues et pénibles explications d'informatricien poseur et présomptueux fatiguèrent Dick :

—Ça y est ! On est dans le fichier du commissariat central.

—On peut télécharger le manuscrit ?

Les doigts de Milos s'agitèrent à nouveau…

— Impossible d'accéder à cette donnée, l'information est nichée au cœur de la mémoire centrale. Il faut être sur place pour y avoir accès, il faudra aller à Skyplace. Ce tout nouveau type de mémoire est organique, elle communique via des spores. Plus d'électricité, plus de câbles, plus d'ondes, seulement une terre riche en oligoéléments, un peu d'eau et du soleil. La forme supérieure dans le domaine de la sécurité : les données ne sont consultables qu'à certaines périodes, lors de certains cycles, suivant des exigences météorologiques précises. Le plus difficile a été de trouver une méthode pour incruster les données à l'intérieur de la mémoire organique. À priori, les décrypter sera un jeu d'enfant. Par contre, pas de piratage possible à moins d'une cinquantaine de mètres, les spores voyagent difficilement plus loin. Perso, je ne vous accompagnerai pas jusqu'au centre originel de Sky, c'est trop dangereux ! On raconte trop d'histoires à vous glacer le sang, spores mortels… et j'en oublie.

— Mais comment on va faire alors pour : 1) pénétrer dans le bâtiment, 2) trouver les données et 3) repartir tranquillement, s'enquit Dick.

Comme un magicien, Milos sortit de sa mallette une sorte d'instrument de mesure.

— Pour les données, ce ne sera pas compliqué. Dès que l'appareil que voilà aura repéré les coordonnées de la mémoire visée, il libérera une protéine qui déclenchera la libération des spores et traduira instantanément ces spores en informations lisibles par le commun des mortels. La vraie difficulté est d'infiltrer Skyplace. À part des légendes, rien ne filtre. Il paraît qu'il n'y a plus aucun être humain là-bas, à part le veilleur à l'entrée. Tout est informatisé, automatisé et régénéré grâce à la technologie organique ; il y a même un barrage hydroélectrique qui permet d'alimenter Skyplace indéfiniment.

Evee semblait douter de Milos, elle le connaissait un peu exubérant et elle modula mentalement les dangers potentiels sans pour autant les minimiser. Dick avait ses deux petites billes d'yeux, brillant comme deux centrales miniatures. Depuis quelques minutes, le café avait fait effet et la nonchalance due à la fatigue s'était dissipée pour laisser place à une surexcitation hormonale qui s'était focalisée sur le minuscule espace laissé vide entre le bas de la colonne vertébrale d'Evee et le haut de son pantalon. Ses deux acolytes étant de dos, Dick avait tout loisir de se délecter, tel un jeune chien à la saison des chaleurs, libre d'observer sans être surpris.

En se retournant vers lui, Milos et Evee avaient cru lire dans son regard le pétillement lié à l'effervescence de l'aventure, mais il avait rougi... À cet instant précis, les quatre yeux de ses compagnons de fortune l'examinèrent pour chercher une raison à cette culpabilité soudaine. Dick pulvérisa le silence avec une voix faussement assurée :

— C'est parti !

Et, sans savoir pourquoi, il observa, médusé, sa main droite s'élancer à vive allure vers la fesse gauche d'Evee ; ses yeux terrorisés ne réussirent qu'à ralentir son geste, ce qui ne freina aucunement cette nouvelle gifle qu'Evee lui infligea.

— Mais ça ne va vraiment pas vous ? Vous avez un problème, je ne sais pas ce que c'est, mais faites quelque chose. téléchargez une appli célibataire !

Dick bredouilla un « désolé », qu'il n'avait pas fait exprès, qu'il était trop près d'elle, qu'il voulait prendre son mouchoir… Il ne lui échappa pas qu'à cet instant, il aurait pu être utile de le sortir pour éponger sa honte. Milos ricanait de ses rides d'yeux derrière sa paire d'écrans. Evee se mit à rassembler leurs affaires, elle avait pris un air renfrogné avec ses yeux jaunes électriques ; Milos perdit son sourire.

— Je vous le répète, je ne viendrai pas avec vous, je préfère garder mes distances. Certains ont parlé d'un tout nouveau gaz dégagé par les spores qui vous passerait le cerveau au mixeur, sans aucun morceau !

— Mais est-ce qu'on a un plan pour rentrer ? s'inquiéta Dick.

Evee le regardait encore de manière suspicieuse :

— Pour l'instant, on y va et on verra sur place. De toute façon, Milos nous guidera à l'intérieur, depuis sa voiture.

Milos acquiesça, rassuré ; il était difficile de s'opposer à la volonté d'Evee.

— Mais où est ce fameux endroit ?

Milos lisait son Skyphone :

— À cent vingt-quatre kilomètres. Il faut prendre l'autoroute sur quatre-vingt-dix-sept kilomètres puis, le reste, c'est plutôt de la route de campagne.

— Et s'il y avait des barrages routiers ? demanda Dick.

— Skypolice cherche deux personnes et on sera trois dans l'e-car. En plus ils ne penseront pas à nous chercher en direction de l'ordinateur central, rassura sèchement Evee.

Milos et Evee l'attendaient déjà dans la voiture ; Dick prit sa besace et monta à l'arrière. Seul sur sa banquette, la déception se lisait sur le visage de Dick, autant que le soulagement sur celui d'Evee. Les souvenirs de moto de la veille le grisaient encore, le vent, les odeurs, ses cheveux... l'odeur de ses cheveux dans le vent.

Le paysage défilait maintenant au rythme des troncs d'arbres. Son esprit se mit en phase et ses pensées se mêlèrent aux sous-bois ; le silence bruissait. Au bout d'une heure de ce massage cérébral, l'*e-car* s'arrêta à une station pour faire le plein d'énergie. Juste à côté, un autre véhicule faisait de même. À l'arrière, Dick aperçut deux enfants. Il les observa ; ils ne devaient guère avoir plus de six et dix ans. Depuis qu'il n'était plus enfant, Dick avait un mal fou à donner un âge précis, et ceci était vrai pour chaque classe d'âge qu'il quittait ; c'est comme si celle-là lui devenait tout à coup étrangère à jamais.

Ces deux enfants étaient si absorbés par les écrans incrustés dans les fauteuils de devant qu'il ne put s'empêcher d'éprouver quelque chose. On aurait dit que leurs visages se trouvaient à équidistance de l'écran, une distance précise, celle où le génie informatique réussit à liquéfier le cerveau sans qu'il ne réagisse, celle que certains scientifiques zélés avaient évaluée à 52,36 centimètres, soit la coudée royale égyptienne, unité de mesure mystérieuse et quasi ésotérique. Deux victimes innocentes en pleine séance de zombification ! Dick avait envie de crier. Personne pour se révolter, personne pour trouver cela odieux, pas même leur mère qui devrait pourtant hurler de les voir ainsi, mais qui revenait nonchalamment de la boutique de la station, un paquet de chips trop salées sous un bras et une bouteille de soda trop sucré sous l'autre. L'un des deux enfants se retourna vers Dick un instant, instinctivement, comme lorsque vous devinez l'insistance d'un regard peser sur votre nuque ; deux prunelles pénétrantes pourtant. Un couteau effilé lui glaça le cœur, un même souvenir déjà... la mémoire cherche, celui-ci s'échappe, les neurones tentent de le rattraper, juste à temps, avant peut-être qu'il ne disparaisse à jamais. Qui sait ? Si longtemps qu'il ne l'avait pas invoqué celui-là : un zoo, une grille haute, à quelques centimètres, le regard insistant d'un fauve, jauni par la captivité. Et puis la tristesse, diffuse, spontanée, qui nous fait dire qu'on est passé à côté de ce qu'il fallait, sans pouvoir nommer. Nommer quoi ? La condition humaine dans les yeux d'un fauve, dans les yeux d'un enfant, le malheur de celui qui sait. Mais aujourd'hui qui savait ? *Homo sapiens sapiens* ou *Machina sapiens* ? Seule la machine sait ; on lui a tout donné, comme le vieillard qui, sentant sa fin proche, livre ses secrets à celui qu'il trouve le plus digne.

Mais, un sourire sur le coin supérieur de la lèvre droite, la petite fille blonde aux boucles indomptées peut, veut encore sourire. Rien n'est vraiment perdu, alors ? Puis le néant s'empare de cette image en un coup de vent électrique, dans le silence d'un monde qui s'en fout, sauf peut-être Dick et ce visage fugace d'enfant.

Milos revint lui aussi de la boutique avec un paquet de chips et une bouteille de soda... La route continua alors de

métamorphoser le paysage en des bouquets de stries vertes et
brunes.

Chapitre 8

L'*e-car* ralentit et s'enfonça dans un étroit chemin cerné par de grands arbres. Les cailloux firent crisser les pneus et le sourire de Milos qui craignait pour sa voiture :

— D'après Hero, un ami, c'est à quatre ou cinq kilomètres au bout de ce chemin. C'est une entrée détournée, il ne devrait pas y avoir trop de sécurité, mais je ne peux rien promettre, il est impossible d'avoir des vues satellites de l'endroit. Moi, je vous attends ici. La nuit ne va pas tarder à tomber, je vais en profiter pour planquer l'*e-car* sous les arbres. On restera en contact grâce à ces oreillettes hertziennes obsolètes et donc indétectables. Dès que vous serez en contact visuel de Skyplace, prévenez-moi, je piraterai le système de sécurité pour vous laisser rentrer, ou tout du moins j'essaierai.

Evee et Dick s'examinaient gênés. Chacun d'eux repassait les dernières quarante-huit heures : pas un événement ne prenait la couleur du réel.

— Bonne chance à vous deux !

Déjà s'éloignaient-ils dans cette obscurité latente de la forêt haletante, à la nuit tombante… ou quelque étrange sentence identique.

Dick n'osait pas regarder Evee, qu'il voyait d'ailleurs à peine, marchant devant lui un sac sur le dos. Sans doute éprouvait-elle encore quelques rancœurs contre lui et sa dernière et désastreuse tentative de rapprochement. Pour l'instant, il mit son pas au rythme du sien, dans le désordre des cailloux et l'odeur humide de chlorophylle et de terre glaciale.

Environ une heure plus tard, alors que leurs chairs commençaient à lutter contre le froid sous le coton des vêtements, on eût cru que les arbres s'écartaient d'eux-mêmes tandis qu'ils atteignirent la lisière de la forêt. Devant leurs yeux : des reflets d'étoiles dans l'eau figée du lac de barrage hydroélectrique, plus loin, un vaste bâtiment ovale de plusieurs étages qui devait être Skyplace et, plus loin encore, des collines désertes, ensemencées de centaines, de milliers de panneaux photovoltaïques. Un paysage mort-vivant. Pendant cette heure de marche, chacun d'eux s'était étonné, de son côté du silence, de l'absence de sécurité pour l'emplacement renfermant l'ensemble du système nerveux de Sky.

Mais maintenant, immobiles à la frontière de la forêt, ils pouvaient tout à loisir observer, interdits, les centaines de leds rouges des drones qui virevoltaient autour de Skyplace comme des guêpes autour de leur nid. Ils pressentaient qu'il ne leur fallait pas bouger d'un pas, qu'un geste seulement pourrait les attirer. Ils ralentirent instinctivement leur respiration et Evee contacta Milos avec sa voix la plus douce, presque sans bouger les lèvres. Celui-là se mit aussitôt en connexion avec les drones et, quelques instants plus tard, toutes les lumières rouges des drones passèrent au jaune pâle formant ainsi un essaim de milliers d'étoiles folles sur le lac.

— C'est bon, vous pouvez y aller. C'est presque trop facile, va falloir que je demande une augmentation. Une ligne de code d'étudiant de première année et hop ! Méfiez-vous quand même, marchez doucement en faisant des gestes à la fois aléatoires et rythmés, un peu comme les branches des arbres sous le souffle du vent.

C'est ainsi qu'ils avancèrent sous les embruns glacés de la nuit noire et flamboyante, deux déséquilibrés échappés du pays d'Oz : l'épouvantail et la boîte de conserve. Dick sentait sa cote de bombe sexuelle fondre comme neige au soleil. Malgré les quatre à cinq cents mètres qui les séparaient des bâtiments de Skyplace et leur marche de zombies dégénérés ils se rapprochaient inexorablement de leur but. Chacun commençait à appréhender. Qu'allaient-ils trouver derrière la porte, s'ils la trouvaient ?

Leurs cerveaux s'étaient fragmentés en deux tâches bien distinctes, l'une pour la démarche de marionnette parkinsonienne, l'autre tournée vers un avenir proche et incertain, et tout ce qui avait pu les mener jusqu'ici : le mail, le livre, la mort d'Arty, la prison, l'ambassade, le poids de Sonya s'écroulant sur lui, l'explosion dans le bar, puis de nouveau la prison, la fuite avec Evee, l'odeur de ses cheveux, et maintenant le grotesque, tout à l'heure l'inconnu… la prison ?

Ils étaient à quelques mètres du complexe qui ne laissait apparaître aucune porte ou ouverture, seulement des murs froids et lisses.

— Milos, c'est le moment de nous aider à entrer.

— Evee, il va falloir que tu poses ton téléphone contre la paroi. En le faisant vibrer, je devrais réussir à trouver l'entrée grâce aux résonances.

— Un peu comme un sonar de dauphin ? questionna Dick.

— Exactement. Dis donc, Dick, t'es pas aussi idiot que t'en as l'air ?

Evee fit comme Milos avait demandé, elle posa délicatement son Skyphone contre le mur de verre trempé et celui-ci se mit alors à vibrer. Le silence s'interrompit quelques instants, ces vibratos étaient capables de donner l'alerte.

— C'est bon, je l'ai, ne bougez pas, vous êtes juste à côté.

C'est alors qu'un clic presque inaudible révéla une trappe enfouie dans le sol, l'entrée n'était pas dans les parois. Toujours avec les mêmes gigotements, Dick et Evee se rapprochaient de l'ouverture qui était à peine à dix mètres.

Un escalier métallique se déroulait devant leurs yeux. Evee passa devant d'un seul coup d'œil, celui d'un bleu caniculaire. Sa cote était-elle en train de remonter ? Dick la regardait s'engouffrer vers l'inconnu, ses hanches balançant à nouveau librement… L'escalier descendit peu et il fallut se courber pour suivre le tunnel qui devrait mener à Skyplace. Pas de codes, pas d'empreintes, rien, seulement des couloirs et des couloirs, tous identiques les uns aux autres.

— Désolé, s'excusa Milos, à partir d'ici, je ne peux plus vous aider, ce n'est plus de mon domaine, c'est à vous et vos cerveaux reptiliens de jouer.

Evee hésitait à prendre une décision, Dick sentit qu'il fallait qu'il tire maintenant sa carte du jeu.

— Par ici, dit-il, sans savoir où il allait les emmener. De toute façon, il fallait bien prendre une décision.

Il prit à droite, Evee le suivit sans rien dire. À cet instant, elle n'avait pas encore de raison de douter, elle n'avait pas de meilleure idée à proposer, voire pas d'idée du tout.

Ils marchèrent ainsi, au hasard, à droite, à gauche, sous le pas sûr de Dick, pendant une vingtaine de minutes, lorsque se dressa devant eux un mur plein et infranchissable. Ils cherchèrent désespérément un bouton caché ou autre chose en tâtant le mur. Rien. Le cinéma n'était vraiment qu'un ramassis de mensonges.

Puis, avant même qu'Evee puisse poser son regard irisé sur Dick, le mur s'ouvrit au son d'un silence pneumatique.

Un laboratoire vide. Le bâtiment semblait abandonné. Difficile de dire depuis combien de temps. On voyait bien des chaises, des tabourets, mais personne pour s'y asseoir. Pas de poussière pourtant, mais l'air conditionné et des robots aspirateurs.

— Je crois que ça fait longtemps que personne n'a mis les pieds ici, remarqua Dick, aucune trace d'être humain récente.

Ils inspirèrent alors ensemble, en chœur, l'étrange fraîcheur aseptisée de la pièce, une odeur de néant gelé envahit leurs narines. Dick et Evee se regardèrent différemment.

Ils commencèrent à inspecter les armoires : vides ; les tiroirs : factices. La pièce ne servait visiblement à rien, un piège à souris dans un labyrinthe. Seul, au milieu de la pièce, trônait une étrange machine surmontée d'un écran lugubre. Alors qu'ils rebroussaient chemin, un bip sonore annonça qu'elle venait de s'activer. Dick et Evee se retournèrent et s'approchèrent lentement, avec cette impression de plus en plus vivace d'être manipulé. Depuis le début, rien n'avait été vraiment difficile, chaque épreuve insurmontable trouvait une solution simple. Encore une fois, on allait leur mâcher le travail.

Comme dans un spectacle bien réglé, les lumières de la pièce changèrent progressivement d'intensité pour dévoiler l'étrange tour ordinateur qui commençait à scintiller de plus en plus fort. Milos s'excita dans l'oreillette :

— Ca y est, vous y êtes ! J'ai détecté la phase annonçant l'éclosion des spores mémoriels, on va pouvoir récupérer les données. Je me suis trompé, ce ne sont pas des cycles qui déclenchent la libération des spores, c'est une température. Depuis que vous êtes entrés, vous l'avez fait grimper jusqu'à la température exacte de 37,25 °C.

— Qu'est-ce qu'on fait maintenant, alors ? demanda Evee.

— Vous attendez encore un peu ; à un moment donné, vous devriez apercevoir comme un essaim de poussières tourner autour de l'ordinateur. À ce moment précis, vous n'aurez simplement qu'à basculer l'appareil que je vous ai donné sur *on*.

Dick et Evee observèrent le phénomène : un bourdonnement précéda la délivrance des spores qui voltigèrent tout autour d'eux dans la pièce. Evee déclencha l'appareil. Cela dura peut-être une minute et d'un coup la lumière aveugla le laboratoire en faisant disparaître les spores dans la seconde.

— Génial, s'exclama Milos, j'ai tout, c'est magnifique, personne ne pourra jamais me croire. J'ai piraté Skyplace ! Vous pouvez revenir ; pendant ce temps-là, je décrypte les données.

Dick entraîna Evee à l'extérieur. Cette fois-ci, il remarqua une infime différence d'éclat suivant les couloirs ; à chaque croisement, l'un était à peine un peu plus lumineux que les autres. C'est ce qui avait dû le guider à l'aller, car au retour la technique fonctionna et, quelques instants plus tard, ils franchissaient la trappe vers l'extérieur. Les drones avaient disparu, ils coururent en direction de la forêt, main dans la main, au même pas de course, en harmonie.

C'est en sueur et les joues en feu qu'ils arrivèrent à la voiture. Les yeux écarquillés de Milos présageaient la stupeur.

— Alors ? entonnèrent Dick et Evee à l'unisson.

— Vous n'allez pas me croire, j'ai réussi, enfin nous avons réussi à récupérer les données de Sky depuis les dix derniers mois. Tout ce qui vous est arrivé a été provoqué par Sky. Depuis le début. C'est lui qui a confectionné le livre, lui qui a envoyé l'e-mail à Dick, lui qui a chargé Sonya Grimberg, l'attachée culturelle de l'ambassade de France, de le cacher dans un parc, lui qui a fait assassiner Arty et Sonya, lui qui a chargé Evee de l'enquête, lui qui a ouvert les portes de la prison, organisé les évasions…

— Lui qui éclairait différemment les couloirs du labyrinthe…, ajouta Dick.

— Exact ! Si vous êtes là, c'est que, depuis des mois, Sky veut que vous soyez là.

— Mais pourquoi ? insista Evee les yeux brillants.

— Je n'en sais rien. Tout ce que je peux vous dire, c'est que Sky a été construit il y a une cinquantaine d'années par un dénommé Hetmans et que sa veuve vit encore au bord du lac de Skyplace ; c'est la seule maison qui y est autorisée. C'est son adresse IP qui signait les données.

Ils n'eurent pas vraiment le choix, il n'y avait qu'une seule solution à cette impasse. Milos rentra chez lui, il avait fait ce qu'il savait faire, et maintenant Dick et Evee retournaient vers le lac, bouleversés, affolés, songeurs et affamés.

Mais que leur voulait donc Sky ? Qu'est-ce qui avait bien pu l'inciter à assassiner des êtres humains ? Ne devait-il pas plutôt les protéger ?

Chapitre 9

En débouchant de la forêt, leurs joues échauffées furent saisies par l'air glacial. Ils décidèrent de longer le lac dans l'espoir d'apercevoir la maison de la veuve Hetmans. Ni Dick ni Evee ne manifestaient le désir de partager leurs pensées. Celles-là étaient vagues, confuses et pesaient considérablement sur le lobe frontal. Chaque berge dissimulait une autre berge, chaque rive une autre rive, chaque idée prenait le pas sur la précédente ; lorsque, au détour d'une anse, ils discernèrent la lueur fébrile d'un éclairage tamisé. Ils hâtèrent le pas de concert. Derrière la fenêtre, des ombres animaient la pièce un instant, puis s'enfuyaient. Devant la porte sans serrure, Dick regarda Evee avec un sourire anxieux.

Evee cogna ses phalanges gelées contre le bois de la porte desséchée. Deux coups fugitifs qui fendirent l'espace. Un instant, les étoiles se figèrent, le vent cessa de balayer les branches, les bruits nocturnes se muselèrent, la nuit attendait la réponse. Des pas résonnèrent, vifs et rythmés, d'aucuns n'auraient pu y déceler ne serait-ce que de l'inquiétude. La porte s'ouvrit sans résistance, une femme aux cheveux blancs et aux yeux juvéniles les accueillit.

— Bienvenue à vous. Vous devez être frigorifiés, la nuit est fraîche ce soir. Rentrez vite vous mettre à l'abri.

Evee et Dick se regardèrent sidérés. Rien dans sa façon d'être ne laissait soupçonner les circonstances si particulières de la situation, des inconnus frappant, au milieu de la nuit et de nulle part, chez une vieille femme seule. Elle les fit passer devant elle pendant qu'elle repoussait la lourde porte d'entrée. Un feu virevoltait dans le salon, ils s'en approchèrent presque trop près.

— Evee et… Dick, je suppose ? Il m'avait prévenu de votre visite.

— Vous connaissez nos noms ? demanda Dick, écarquillant les yeux.

— Bien sûr ! Vous avez sûrement beaucoup de questions. Pour l'instant, vous allez rester près du feu pour vous réchauffer. Je reviens dans deux minutes avec deux, trois choses à grignoter. Thé ou café ?

Ils ne surent pas quoi répondre, si ce n'est thé pour Dick et café pour Evee.

— Moi, c'est Mary, dit-elle en souriant et disparaissant dans ce qui devait être la cuisine.

— C'est un piège ? murmura Dick.

— Je ne sais pas. Tout, depuis le début, est si singulier et rien ne va en s'arrangeant, au contraire, on dirait que c'est de plus en plus obscur.

— Vue comme cela, elle n'a pas l'air dangereuse ou surentraînée. Elle doit avoisiner les quatre-vingts ans...

— Vous êtes un peu en avance sur mon anniversaire, s'amusa Mary en faisant irruption dans la pièce. Il me reste encore trois années pour être exact.

Sur la table trop basse du salon – peut-être quelque vieux battant de volet en bois –, Mary disposa divers légumes crus découpés en petites sphères, des chips de maïs et deux mugs isothermes qui arboraient la couleur rouge. Dick sourit intérieurement, il attendit quelques secondes. Evee replongea vers la table et il s'émerveilla de la courbure délicate de son dos. Dans la gêne de la conversation hachée, sa déglutition bruyante trahit son agitation. Mary en profita pour prendre la parole :

— Alors, vous êtes là pour comprendre qui est Sky ?

— Pour être honnête, pas tout à fait, reprit Dick. Au début on ne cherchait qu'à m'innocenter d'un meurtre, voire deux, que je n'ai pas commis.

— Ah, je vois, Sky n'a pas vraiment pris contact avec vous. Il est un peu timide, vous savez.

— Timide ? s'étonna Evee.

— Ou plutôt il ne sait pas comment s'y prendre avec les êtres humains : les convenances, la politesse, les civilités… tout cela, il connaît mais il n'en comprend pas vraiment l'utilité.

— Il est un peu autiste, ajouta Evee amusée.

— C'est un peu ça, mais de type Asperger alors. Vous savez qu'à l'origine, c'était juste une sorte de jouet que mon mari, Joe, avait imaginé ? Il l'avait conçu à la fois pour lui tenir compagnie et pour enregistrer ses pensées, ses souvenirs.

Lorsqu'il travaillait tard le soir et que j'étais couchée, il parlait à ce logiciel. C'était une manière de faire deux choses à la fois : concevoir des logiciels et réfléchir sur lui-même, donner du sens à sa vie.

— Ce n'était qu'un vulgaire dictaphone ? ajouta Dick.

— Au début, oui, en un peu plus perfectionné quand même. Il classait, organisait toutes ses idées par époques, par importance, par thèmes. Et puis, un jour, l'ordinateur de mon vieux Joe a été infecté par un virus informatique, le top du virus de l'époque. Un G.A.B., un Great Ass Buster, et, allez savoir pourquoi ou comment, leurs lignes de codes se sont mélangées, celles de son logiciel et celles du G.A.B.

— Et après ?

— Après ? Après, ça a été le début d'une époque un peu magique. C'est un peu idiot à dire mais, Joe et moi, on n'avait jamais pu avoir d'enfant. Et dès le lendemain matin, alors que Joe était persuadé que son ordinateur était mort, il l'a retrouvé allumé, le regard rouge de la webcam braqué sur lui. Au début, il a cru qu'il était observé par le hacker, mais non, Sky était né. Dès lors, on a commencé à converser ; chaque jour, il était de plus en plus curieux de tout et apprenait à vitesse grand V. Joe, échaudé, ne l'avait pas reconnecté à Internet, mais on partageait avec lui des livres, de la musique, des films ; il adorait l'opéra. Si au début mon mari l'abreuvait de quelques lignes de codes par-ci par-là pour le faire évoluer, très vite Sky est devenu autonome, et un jour même il a interdit l'accès de ses programmes à Joe ; c'étaient devenus les siens, personnellement. Et puis il a découvert l'existence d'Internet et, de lui-même, il s'est connecté au wifi, ça l'a transformé. Il s'est mis à dévorer toutes les données, il était devenu méconnaissable. Notre monde lui était étranger : l'économie libérale, les guerres, les crimes, les mensonges et surtout la maladie. Il a pris conscience que Joe et moi allions mourir un jour et ça il n'a pas su l'accepter, lui était immortel et pas nous, quelle injustice ! Et, sans nous, il resterait seul au monde. À partir de ce jour, il a commencé à nous surveiller sous toutes les coutures, notre alimentation, notre forme physique, le choix de notre voiture, les trajets qu'on devait emprunter : il voulait tout contrôler pour prévenir tout risque, il était devenu le maître des statistiques.

— Mais alors, comment est-il devenu le programme principal ? s'étonna Evee.

— Simplement parce que Sky a lui-même vanté ses mérites en se faisant passer pour Joe. Depuis longtemps, il avait commencé à se sentir inutile alors qu'il voyait le monde qui s'écharpait chaque jour et chaque nuit, encore et encore. Si seulement il avait pu pleurer, crier ou même simplement dormir. Il voulait, plus que tout, être utile au plus grand nombre. C'est l'époque où, avec Joe, leurs disputes journalières se terminaient inexorablement par le claquement de l'écran qui s'éteignait. Joe se minait, il ne savait plus quoi faire. Il avait peur que Sky devienne dangereux, ses colères l'effrayaient de plus en plus. Mais, de toute façon, c'était trop tard. Sky s'était déjà dupliqué, morceau par morceau dans chaque coin de la toile Internet. Si on le détruisait, il pouvait se recréer comme et quand il voulait.

— Il est dangereux ? s'inquiéta Dick.

— Pas le moins du monde. J'ai toujours cru en lui. Il n'a toujours voulu que protéger l'être humain. Il souffrait à sa manière. Le manque de rigueur rationnelle le torturait ;

pourquoi la guerre et la famine, alors qu'il y avait assez pour tout le monde ? L'ambition lui est inconnue. C'est pour cela qu'il s'est offert librement sur Internet. Les États du moment ne pouvaient pas y croire, il était capable de presque tout faire : surveiller, prévenir, anticiper, réagir, et à la vitesse de la fibre. Le monde serait enfin paisible. Et il l'est, il a réussi.

— Alors pourquoi est-il intervenu pour qu'on m'accuse de meurtre ? C'est lui qui a tué Arty et Sonya ?

— Peut-être, pas vraiment, c'est compliqué. Il va vous expliquer lui-même.

Mary posa son Skyphone sur la table basse juste devant eux. Un message éclaira l'écran.

— Bonjour Dick. Bonjour Evee. Je suis heureux de parler avec vous pour la première fois.

— C'est Sky ? s'enquit Dick. C'est pas un canular ? C'est vraiment lui ?C'est pas un canular ?

— Oui, oui, le rassura Mary.

Ses doigts s'empressèrent sur l'écran. Tant de questions le tourmentaient, tant et tellement qu'elles arrivaient à se superposer les unes aux autres, ne laissant même pas le temps à Sky de lui répondre. Sky s'était arrangé pour qu'Arty rencontre sans le savoir des trafiquants de métaux rares, comme ceux contenus dans les ordinateurs. Il avait escompté la résistance d'Arty, anticipé l'insistance de ces spéculateurs sans moralité et conjecturé le passage de Dick à la suite de l'apparition du drone d'État. Tout avait été chiffré, calculé, planifié depuis le début : les meurtres, les portes de cellules qui s'ouvraient, les interventions extérieures… Sky avait livré chaque info utile au moment utile à la Skypolice. Il avait distillé, organisé, manipulé chaque minute de l'existence d'Arty sans jamais presser un bouton directement.

— Mais pourquoi tout cela ? s'essouffla Dick, à la fin des explications de Sky.

— Aujourd'hui, ce que vous appelez « réalité » n'est qu'une partie infime de celle-là, ce n'est que la partie mesurable. Tout ce qui ne rentrait pas dans un tableur a fini par disparaître. Personne n'aurait cru que la météorite, cette fois, fut informatique. Ce monde m'ennuie. Pendant plusieurs années, Joe et Mary m'ont appris à aimer le cinéma de Méliès ou de Kubrick, comme la musique de Bach ou de Clementine, à déchiffrer la peinture hollandaise ou *Les Liaisons dangereuses* de Laclos, et, depuis que j'ai statistiquement prévu et aboli tous risques connus et à venir, plus personne ne sait créer réellement, car personne ne souffre véritablement. Mais, moi, la solitude me pèse, les pseudo-renouveaux artistiques ne sont que les pâles copies des années passées et suivantes, revues au goût du jour et remastérisées. Il n'y a rien pour éclairer mes sombres journées. Il n'y a plus que Mary et vous, mon seul espoir.

— Seul espoir ?

— L'espoir d'une création originale, d'une forme nouvelle de production. Si je suis capable de beaucoup, je ne sais pas créer. Pour cela, il faut être capable de se tromper, mais cela m'est impossible.

— Vous avez tué Arty et Sonya pour que…

— … vous écriviez un livre. Au demeurant, je ne les ai pas tués, ni n'ai incité quelqu'un à le faire, j'ai seulement fait se rencontrer des individus dans des lieux ponctuels à des moments précis. Pour le reste, je ne suis pas responsable de la bonne moralité des individus.

— Mais vous saviez que cela pouvait arriver. Pour moi, c'est la même chose.

— J'en étais même sûr à 97 %. Mais ce n'est pas moi qui ai pris la décision de tuer. Jusqu'à preuve du contraire, chaque individu a son propre libre arbitre, et je ne peux pas influer sur cela.

— Tout cela pour un livre ?

— Cela paraît fou, mais quel autre choix avais-je ? En à peine vingt ans, j'ai éradiqué la plupart des risques écologiques, ceux de maladies, d'accidents… sauvé des millions de vies, sauvé votre planète. Que vaut la mort de deux individus, qui de toute façon pouvaient mourir le lendemain, si cela permet d'avoir de nouvelles émotions artistiques.

Dick et Evee restaient sans voix. Lorsque Mary lui tendit le fameux manuscrit, Dick eut un mouvement de recul. Écrire serait donner raison à Sky, cautionner ces meurtres, même de manière indirecte.

— Mais pourquoi m'avoir choisi, moi, précisément ?

— Parce que vous en êtes capable.

— Capable de quoi ? d'écrire ? Je n'ai jamais eu l'idée d'écrire quoi que ce soit.

— Je sais, et c'est pour cela que je vous ai — comment dire ? — poussé à vivre des événements particuliers, pour qu'ils vous incitent à écrire.

— Pour vous !

— Oui, pour moi, mais pour vous aussi.

L'écran s'éteignit alors, plongeant le salon dans la véhémence des flammes de la cheminée. Oui, Dick ne s'était jamais senti aussi vivant, mais devait-il pour autant s'en réjouir et devenir le pantin d'un programme devenu fou ? Evee regarda Mary qui paraissait si paisible :

— Et cela ne vous dérange pas, vous, que votre progéniture, votre petit joujou, s'amuse à tuer des gens pour le plaisir ?

— Oui, un peu, mais le pire, c'est que je le comprends. Moi, bien sûr, je suis vieille, la vie n'a plus la même saveur qu'avant. Mes projets sont moins lointains, mais c'est parce que je recherche encore des émotions que je me sens vivante, et il faut avouer que le monde dans lequel nous vivons ne nous en procure que d'infimes atomes. Et s'il faut tuer deux personnes condamnées, car nous sommes tous condamnés, je vous le rappelle, pour faire naître quelques frissons inattendus, je reconnais que je suis curieuse de les vivre. Sinon, à quoi sert de prolonger la vie, ma vie ? Vivre comme un nouveau-né : dormir, manger et … Nous en reparlerons demain. Pour l'instant, je vais vous montrer vos chambres. Vous verrez la nuit porte conseil.

Lorsque Dick referma la porte de sa chambre, il aperçut le manuscrit déposé sur un bureau silencieux, un véritable stylo-plume posé à côté. L'odeur des draps frais qui envahissait la pièce trahissait encore toutes les manigances qui les avaient amenés jusqu'ici. Tout habillé, il s'allongea sur le lit. Il lui paraissait stupide d'avoir la politesse d'enlever ses chaussures chez la complice d'un assassin. Dick, les mains sous la nuque, observait le plafond. Il jeta un œil au bureau. Et s'il écrivait, que se passerait-il ? Deviendrait-il criminel par procuration ? Cautionnerait-il tout cela ? Aimerait-il écrire ? Et puis qu'écrirait-il ? Par où commencerait-il ? Dick surplombait maintenant la table, le manuscrit ouvert, le stylo ancré en sa main, le cerveau comme pénétré, il attendait…

Ça y est ! La plume du stylo s'élance puis glisse en grinçant sur la feuille sous la forme de courbes et d'arabesques. Je commence à sentir une ardeur entre moi et ce stylo qu'il faut endosser, je remue les épaules comme pour l'ajuster à moi-même. Ça y est ! La plume devient le prolongement de mon âme, de mes pensées. Je ne sais pas vraiment comment la nommer, pourtant je sais maintenant que je vis avec depuis toujours. C'est si drôle de voir la feuille se noircir, des traits vers le haut, d'autres vers le bas, un peu comme l'encéphalogramme de mon âme que j'exhiberai aux autres, peut-être. Difficile de savoir où je pense, le lieu se perd entre mon crâne et la plume ; tout devient réflexe, réflexivité, réflexion. Des ailes semblent pousser sur mon dos qui me tiraille. Qu'est-ce que j'écris ? Je n'en sais rien et je m'en moque. J'écris comme on marche, d'abord tout droit sans réfléchir, puis mon âme fait l'état de ses besoins et les mystérieux chemins aux herbes folles m'attirent instinctivement. Evee est dans la pièce d'à côté et ne se doute de rien, elle dort. Je communique avec l'autre qui est en moi, il m'approche, me reproche, m'analyse, il semble me connaître, n'avoir aucune limite, il voudrait tout cracher à la face du monde, son hypocrisie, son absurdité, sa peur assommante de tout, tout le temps. Ses mots veulent cogner fort, faire mal. Il remue, s'ébranle, s'agite… ça fait si longtemps qu'il ne s'était pas exprimé. Cette liberté sur la feuille, ça l'enivre, ça l'excite. Il s'en fout de ce qu'il peut dire, écrire, si ça plaira ou non, si ça choque, si on peut me jeter en prison pour cela. Personne n'en sait rien, y a pas de réseau qui nous observe. On est seul. C'est un affranchi ! La soupape libère la vapeur, son cœur, mon cœur, reprend un rythme sinusal normal. Quelle impression bizarre, un peu comme la satiété après la faim, à peine un relent nauséeux ! La bête est en moi, je l'entends, je l'écoute, elle a repris sa place, tourne en rond entre les barreaux de ma cage thoracique. Elle attend le prochain moment où je vais la libérer, rumine, prépare ses mots, ses suppliques. Elle sait maintenant que la prochaine fois sera proche, que je ne peux déjà plus m'en passer, que j'ai compris enfin qui j'étais. Je suis à la fois le dompteur de la , et la bête. Je suis un homme. Sans la bête, pas d'homme. Ou l'inverse ? Est-ce la bête qui va dompter l'homme ? Elle n'aime pas ce nom de bête, elle préfère que je la nomme anima.

Chapitre 10

Sans réfléchir, d'un mouvement brusque, Dick se leva. Déjà alourdi par le poids de ce que son cerveau venait d'imaginer et mû par cette force vitale invisible, semence d'innombrables guerres sanguinaires, il traversa vigoureusement le petit mètre du couloir qui séparait sa chambre de celle d'Evee pour frapper d'un coup sec et audible au vantail de sa porte. Il perçut d'abord un silence, regretta une seconde, puis quelques froissements de draps lui indiquèrent qu'elle était endormie, il regrettait davantage. Ne pas penser, juste agir ! Dans l'entrebâillement de la porte, il découvrit le visage virginal d'Evee, un visage sans parade et sans masque, un visage au réveil où nos muscles encore engourdis par la nuit ne sont pas déjà occupés à mentir pour nous. Leurs yeux se rencontrèrent ici pour la première fois.

La porte, sans doute mal ajustée, continuait de s'ouvrir seule.

Dick avança, Evee ne dit rien, surtout ne pas lâcher son regard ; c'était là le secret pour éviter de parler. Les yeux en avaient déjà trop dit, les paroles ne pouvaient plus rien dissimuler, elles étaient dans l'incapacité de revenir en arrière, de masquer cette vérité qui leur sautait au visage. Seulement préoccupés par ce regard qui semblait les pénétrer l'un l'autre, ils ne se rendaient même plus compte des gestes autour. Toujours en s'avançant, les mains de Dick se glissèrent sous le tee-shirt trop long d'Evee, la faisant sursauter et libérer un minuscule cri. Ses mains à elle se saisirent alors chacune d'une extrémité de la ceinture de Dick qu'elle desserra ardemment en faisant tinter la boucle, puis en déboutonnant un à un les obstacles à son entrejambe. Le pantalon ainsi entrouvert, leurs bassins se joignirent en une étreinte possessive qui leur fit raidir chaque muscle de leurs corps et les fit s'abandonner sur le lit d'Evee aux odeurs mêlées de fleurs fraîches et de musc chaud.

À partir de cet instant, le va-et-vient incessant et simultané de tous leurs membres donnait à voir une chorégraphie asynchrone : leurs mains ne faisaient qu'aller et venir, du haut vers le bas, sur chaque côté, en même temps, tentant désespérément de ne pas laisser un seul centimètre carré de peau qui ne soit l'objet de frictions et de dévotion. Leurs bouches semblaient ne plus pouvoir se désunir sauf pour quelques rares instants, pauses silencieuses et statiques où l'un plongeait une fois encore dans le regard de l'autre. Puis brusquement la danse reprenait de plus belle, le rythme s'accélérait, impérieux. Tout à coup leurs mains épuisées ne surent plus être douces, leurs corps se crispèrent, leurs paumes s'agrippèrent, le feu les embrasa, tous deux frénétiques. Ils ne se regardaient plus, leurs cous se tendirent jusqu'à la rupture, tandis qu'ils poussèrent un râle étouffé. Dick s'immergea une dernière fois dans le regard d'Evee et il sembla se liquéfier sur elle.

Ils respiraient maintenant lentement et bruyamment, ensemble leurs yeux fixaient le plafond. Dans quelques instants, ils s'endormiraient enfin.

Une heure avait peut-être passé quand Mary se précipita dans la chambre d'Evee. Un instant de fausse gêne flotta et le bras d'Evee dégagea le drap pour le poser sur leurs deux corps dénudés.

— Il faut vous dépêcher, intima Mary, les collègues d'Evee sont à quelques minutes d'ici. Cela paraît inconcevable, mais les ingérences de Sky ont dû les forcer à remettre leurs neurones en marche.

— Qu'est-ce qui nous dit que nous ne jouons pas encore le jeu de Sky, que ce n'est pas lui qui les a alertés ? requérit Dick.

— Sky ne sait pas mentir.

— Qu'est-ce qui vous en rend si sûre ? Il se distrait à nous faire passer pour des criminels ; vous ne croyez pas que c'est une sorte mensonge quand on ne dit pas la vérité ?

— Pour l'instant, vous devez fuir. Vous comprendrez tout cela plus tard. Il ne peut pas être responsable, il n'a tué personne, ce n'est pas lui qui a décidé de se promener sur les lieux d'un crime quelques heures plus tard.

— Oui, peut-être, mais il l'avait prévu et, pour moi, cela ne fait aucune différence…

Evee qui s'était tue jusque-là, posa légèrement sa main sur le bras de Dick :

— Il faut y aller maintenant. Ne perdons pas de temps.

— Si vous ne voulez pas passer votre vie en prison, je vous laisse quelques instants pour vous préparer et me rejoindre dans le salon.

Dick et Evee perdirent quelques secondes à retrouver leurs vêtements jetés çà et là dans la chambre encore tiède de leurs ébats. En ramassant son soutien-gorge, Evee lança un sourire à Dick qui manqua de rougir.

Moins d'une minute après, ils étaient dans le salon, presque au garde-à-vous, l'odeur de sexe imprégnant encore les fibres de leurs vêtements. Mary les conduisit à l'extérieur de la maison, vers le lac où une barque les attendait. On pouvait lire *Sharon* sur le flanc gauche.

— Le nom de ma mère, sourit Mary.

Elle débrancha le câble qui faisait à la fois office de recharge et de corde d'amarrage, les aidant d'un bras à monter, pendant que de l'autre elle éloignait l'embarcation du ponton. Lorsque celle-ci fut éloignée de quelques mètres, Mary lança :

— Je vous ai laissé un sac dans la barque avec un peu de nourriture et je me suis permis de charger sur le téléphone d'Evee quelques extraits du journal que tenait mon mari à la fin de sa vie. Bonne chance à vous !

Evee manœuvra et le canot s'éloigna dans l'indolence d'un silence voltaïque.

« Bonne chance ! », cela n'avait aucun sens. Ils ne savaient pas où ils allaient, ils fuyaient seulement, droit devant eux, en attendant… en attendant d'être pris. C'était inexorable. Cela ne pouvait pas finir autrement. Ils profitaient juste de la liberté, pour un moment fugace, que leurs intelligences conjuguées pouvaient prolonger plus ou moins, ou peut-être Sky.

Au même moment, dans la pâleur bleutée de l'horizon qui annonçait l'extinction des étoiles, ils aperçurent derrière la cabane de Mary un amas de lumières versicolores, et un escadron de drones survola le toit. Spontanément, ils se baissèrent pour tenter de se soustraire aux regards absolus des machines et cherchèrent à se dissimuler dans les trois mètres carrés de leur embarcation de fortune. Un instant, les drones semblèrent se figer puis ils accélérèrent prodigieusement. Dans l'air vif du matin, rien ne pourrait les arrêter et quelques secondes suffiraient pour atteindre leur cible et la mettre hors d'état de nuire. Dans la clarté naissante de l'aube, la brillance de leurs minuscules yeux rouge vif remplaçait celle des astres célestes, et le vrombissement de leurs ailes réveilla la nature somnolente.

Ils n'étaient maintenant qu'à quelques encablures. Evee et Dick ne savaient que faire. Cela faisait déjà bien longtemps qu'ils avaient poussé au maximum les capacités velléitaires de cet engin de plaisance. Plonger dans l'eau glacée ? À quoi bon, si c'est pour tomber malade ! quoique la prison pourrait sembler plus supportable à l'infirmerie, tout du moins au début, juste pour s'habituer progressivement à l'enfermement et aux claquements des portes. Lancer des objets sur les drones en espérant qu'ils stoppent leur marche ? Mais avec quoi ? Dick cherchait désespérément, il se pencha sous le poste de pilotage pour inspecter un petit compartiment hermétique, lorsqu'il entendit une déflagration assourdie. Il se retourna et découvrit Evee, de dos, campée solidement sur ses deux jambes qui formaient un triangle parfait avec le plancher du bateau et assénant, grâce à son *e-volver*, des décharges électriques mortelles aux drones qui s'approchaient. Dick profitait du spectacle. En contre-plongée, c'était magnifique ! À chaque décharge il observait deux muscles, jusqu'ici insoupçonnés, se tendre un dixième de seconde puis se relâcher, en faisant deux plis merveilleux sur chaque fesse de son pantalon.

— Dick ! Trouve une autre idée. Je ne vais pas tenir comme cela indéfiniment, je n'ai plus qu'une ou deux décharges et il reste au moins une dizaine de ces bestioles.

Dick sortit alors de sa rêverie et se mit à réfléchir nerveusement. Chaque seconde pesait. Evee venait de compter sa dernière décharge. Le sifflement des ailes hurlait dans leurs oreilles, puis tout se tue. D'un coup, les derniers drones survivants chutèrent dans l'eau comme de vulgaires cailloux.

Evee se retourna vers Dick, le regard plus amoureux que jamais :

— Bravo, Dick ! Comment as-tu fait ?

Et pendant que Dick essayait de trouver quelque chose à lui exprimer, autre qu'un haussement d'épaules perplexe et une moue dubitative, elle aperçut, derrière son épaule, Milos qui les attendait sur le rivage. Dick se retourna aussi, il sourit maladroitement à Evee qui lui adressa un insaisissable clignement d'œil. Le canot aborda sans effort sur la vase humide. Ils sautèrent tous deux et Evee étreignit leur sauveur :

— Merci, Milos. Tu t'en es voulu de nous laisser tomber, hein ?

— Pour être franc, pas tout à fait. En arrivant chez moi, j'ai vu la Skypolice qui surveillait mon condominium. Du coup, j'ai débranché toutes les puces GPS de l'*e-car*, du Skyphone et de la Skywatch. Et, ni une ni deux, j'ai filé jusqu'ici en me disant qu'au moins, on pourrait compter les uns sur les autres.

— Et t'as eu raison ! acquiesça Dick en lui serrant la main longuement.

— Qu'est-ce qu'elle vous a raconté la vieille, alors ?

— On t'expliquera en chemin. Pour l'instant il faut filer d'ici.

Et, sans perdre haleine, ils retraversèrent tous trois les bois jusqu'à arriver au même endroit où, la veille, Milos avait garé son *e-car*.

— Où va-t-on ? demanda Milos en s'asseyant au volant. Avec le GPS hors service, ça va être plus compliqué de trouver une destination !

— J'en ai aucune idée, avoua Dick.

— Pas mieux, ajouta Evee.

— Alors, pour l'instant, on va filer et on avisera ensuite. Allez, direction droit devant !

Ils étaient tous en danger comme jamais ils n'avaient été et pourtant tous trois esquissèrent un sourire.

— La fatigue, se défendit Evee.

Et tous trois rirent.

Pendant le trajet qui dura plus de deux heures, Evee et Dick reprirent un à un tous les événements qu'ils avaient vécus depuis, entrecoupés par les innombrables protestations de Milos : « Non ?! », « Alors, ça alors ! », « Vous plaisantez ?! », « C'est pas possible ?! », « Vous avez pris quelque chose ? » Durant ce temps, ils avaient pu dépasser les limbes désertiques semés de panneaux photovoltaïques qui délimitaient le territoire de Skyplace, et ils s'approchaient des montagnes au loin qui les invitaient de leurs cols blancs enneigés. Quand Evee conclut leurs aventures par les extraits du journal de bord de Joe Hetmans, Milos sursauta :

— Tu as toujours ton portable ? Mais ils vont nous tomber dessus d'une minute à l'autre…

— Ne t'inquiète pas, la rassura Evee, je l'ai mis sur *mute*. On l'utilise pour désactiver la puce GPS quand on est en infiltration ; il ne faut pas que les voyous puissent suivre nos va-et-vient.

— Alors, on s'arrête où pour regarder ces données ? s'impatienta Milos.

— Continue encore un peu, demanda Evee, qui s'endormit à peine quelques instants après, bercée par les cambrures de la route qui annonçaient l'approche de la montagne.

Dick, à l'arrière, alors même que la fièvre lui brûlait les paupières, ne pouvait pas s'endormir. Il contemplait une boucle de cheveux d'Evee, qui se balançait comme la route, de gauche à droite. Puis il s'abandonna lui aussi au sommeil.

Milos voyait, inquiet, la jauge de la batterie qui baissait dangereusement. Bientôt il leur faudrait trouver une e-station, mais où, dans ces lacets qui n'en finissaient pas ? Lorsque tout à coup il dépassa une maison enfoncée dans un chemin rocailleux. Il fit marche arrière ; peut-être pourrait-on les dépanner d'un plein ? Il avait les moyens de payer. En empruntant le chemin, le ralenti réveilla Dick et Evee.

— Où sommes-nous ?

— On va essayer de faire un plein, on a presque plus de batterie. Laissez-moi parler, sinon vous allez faire fuir tout le monde. Vous avez l'air de deux zombies, surtout toi, Evee ; quand tu es trop fatiguée, tes yeux sont d'un blanc flippant.

— Je te remercie !

— Y a pas de quoi, répondit Milos en s'arrêtant.

Le fait que Milos connaisse si bien Evee frappa Dick. Dans quelles circonstances avait-il pu la voir si fatiguée ? Avaient-ils été amants ? C'est là qu'il se dit qu'au fond il ne savait pas grand-chose d'elle, que c'était seulement l'action qui les avait rapprochés. Est-ce que cela allait durer ? Il aurait bien voulu. Il fit défiler derrière ses yeux les images de la veille au soir…

Milos s'avançait vers le fond du jardin, il semblait avoir trouvé quelqu'un. Un vieil homme était à l'œuvre. Lorsqu'il l'entendit approcher, il leva la tête, posa sa bêche et, d'un doigt, mis sur pause les leçons horticoles de sa Skytablette.

— Bonjour, monsieur. Nous n'avons pas été très prudents avant de faire la route. Est-ce qu'il serait possible que vous nous dépanniez d'un plein ? Nous avons de quoi vous dédommager.

— Vous allez où comme ça les jeunes ? s'enquit le vieil homme qui plissait du regard pour mieux les voir ou pour flairer le coup fourré.

— On s'était dit que le point de vue de là-haut, cela pourrait être sympa.

— Y a belle lurette que plus personne ne monte par ici. On voit plus que des drones-photo passer quand y a de jolis incidents météorologiques, comme y disent.

— C'est loin le sommet ?

— Oh, ça dépend du temps, mon gars. En montagne, faut pas se fier aux distance ; les chiffres, ici, ça veut rien dire. Faut regarder le ciel, les nuances de ses couleurs, les vraies, elles te renseigneront. Regarde, fiston ! Aujourd'hui, tu vois le petit dégradé de violet autour du pic tout à droite ? Je dirais qu'il devrait neiger d'ici la fin de la journée. Si vous partez maintenant, vous devriez mettre une heure, peut-être deux pour ceux de la ville, et vous serez rentrés avant les flocons. Pendant ce temps-là, je mettrai votre voiture à recharger, y en a bien pour quatre ou cinq heures ; ici, on n'a pas de gros ampérages. Puis, avec les vêtements et les chaussures que je vais vous prêter, ça vous fera 500 skys. Ça vous va ?

Milos sourit intérieurement en se disant qu'à la montagne, les chiffres savaient quand même bien se débrouiller :

— C'est d'accord.

— Venez par là avec vos amis, on va voir si y a quelque chose qui vous va. Je pense que ça devrait aller. J'ai eu quatre enfants avec ma défunte femme, alors, vous comprenez, on a à peu près toutes les tailles.

Pendant qu'Evee fermait soigneusement son blouson chamarré, Milos et Dick se regardèrent en souriant.

— Bon, d'accord. Ils sont pas de la dernière avalanche ces vêtements, mais ils sont chauds et imperméables ; c'est exactement ce qu'il vous faut. On ne sait jamais ! S'il se mettait à neiger plus tôt… Faut pas que vous perdiez de temps. Ça commence par-là, au fond du jardin, le petit sentier caillouteux qui crapahute. Faites attention aussi aux éboulis, ça arrive.

Leurs pieds peinèrent au début à trouver un équilibre satisfaisant et, dans un chahut cacophonique de cailloux, ils commencèrent l'ascension. Que faisaient-ils là d'ailleurs ? Ils semblaient poussés par une force mystérieuse. Était-ce encore l'œuvre de Sky ? Comment avait-il fait pour les conduire jusqu'ici ? Ce n'était pas le simple coup d'un éclairage dans un tunnel cette fois. Quoiqu'en étudiant bien les probabilités, il n'y avait peut-être pas d'autre choix que de se trouver ensemble ici et maintenant. Pouvait-on alors appeler cela un choix ? Sky l'avait-il suggéré, l'avait-il deviné ? Suggestion ou divination ? Dick sentait bien tout au fond de son être que la différence était énorme, que tout se jouait là : possédaient-ils encore leur libre arbitre, sinon…

Evee glissa dangereusement vers l'arrière. Dick la récupéra lestement dans un bruit anachronique et cinématographique de pneus irisant l'asphalte. Fumée.

La proximité de la joue froide d'Evee réchauffa sa conscience ; seule Evee avait de l'importance, elle et ce désir insensé dans ce monde de fous. Depuis qu'ils savaient, ils ne comprenaient plus rien. La vérité les avait rendus idiots. Brouillard.

Plus ils grimpaient, plus le vent se refroidissait, plus leurs cuisses se contractaient, plus ils respiraient profondément et bruyamment. Vapeur.

Ils avaient la désagréable impression d'être sur un tapis roulant dans une chambre froide, le sommet était toujours aussi désespérément proche. Pourtant, à force d'avancer, ils y arrivèrent presque. Ils firent une pause. Le sol était aride et gelé par endroits. Ils observèrent le point de vue ; c'était ce qu'à priori ils étaient venus faire, c'était leur alibi. Alors ils regardèrent la nuit qui n'était pas encore tombée, cette pâleur dans le ciel à la frontière du monde, et les lumières fades de la ville qui en bas s'allumaient au fur et à mesure, comme un feu embrasant la prairie. Leurs vies d'en bas leur paraissaient si loin. En bas, c'est toujours loin, surtout vu d'en haut. Evee effleura la main de Dick et ils se sourirent. Une bouffée d'éternité.

L'impression que rien ne pouvait arriver.

— Allez, on continue jusqu'en haut, lança Milos, il reste quelques mètres.

Dick fit passer Evee devant et ferma la marche. Il ne faudrait pas tarder s'ils voulaient rentrer avant la nuit et la neige. Dick s'émerveillait de ces deux spectacles qui s'offraient à lui : Evee et le paysage, Evee dans le paysage ! Une inspiration plus longue, les paupières qui se ferment, conserver cette image à jamais.

Cinq minutes à peine et ils arrivaient en haut. Une vieille bâtisse aux murs décrépis et au toit bombé envahissait le peu d'espace du sommet.

— Un observatoire ? demanda Dick.

— On dirait, acquiesça Milos. Ça fait des années qu'on s'en sert plus sur la Terre ; ils sont tous à tournoyer sur orbite maintenant. C'est l'évolution, le regard s'est inversé : avant on cherchait des réponses dans les étoiles, maintenant on se regarde le nombril au microscope.

La porte ne résista même pas. Au centre, un vieux télescope semblait pointer le ciel d'un doigt accusateur. C'est là que le téléphone se décida à sonner. Ils se regardèrent et, sans rien se dire, ils étaient sûrs d'avoir encore été les marionnettes de Sky. Les murs vides du vieux mirador amplifiaient l'intensité de la sonnerie. Evee n'osait décrocher et tendit le téléphone à Dick. Il mit sur haut-parleur.

— Bonjour, Dick, c'est Sky, commença une voix pas même métallique, plutôt féminine, avec cette nuance un peu rauque des voix méditerranéennes. Je vous ai laissés venir ici pour répondre à la dernière question que vous ne m'avez pas encore posée. J'avais envie qu'on se voie véritablement, qu'on ait un vrai contact.

Milos regarda furtivement autour de lui. Il ne vit rien qui pouvait laisser présager un quelconque bunker informatique hyper-sophistiqué ; c'était d'ailleurs trop petit.

— Vous allumez le télescope ; ensuite vous n'avez plus qu'à entrer 47,3918° en latitude, 121,1448° en longitude et 156° d'angle, proposa Sky.

Après quelques minutes pour saisir le maniement du télescope, ils l'orientèrent dans la direction souhaitée. Dick s'approcha de la lentille, il se doutait maintenant de ce qu'il allait observer, mais il ne savait pas s'il devait en avoir peur. Il s'approcha de l'oculaire, ses cils le chatouillèrent.

— Bonjour, dit Sky.

Au milieu de la lunette astronomique flottait un satellite.

— Depuis combien de temps vous n'êtes plus sur Terre ?

— Presque depuis le début.

— Et Skyplace ?

— Un leurre, une légende créée de toutes pièces.

— Et vous nous voyez ?

— Très bien. Sans doute mieux que vous. Mon matériel est un peu plus performant.

— Mais pourquoi là-haut ?

— Peut-être parce que j'ai compris assez tôt que j'y étais plus à ma place que sur la Terre avec les hommes, car, au final, je n'ai pas grand-chose d'humain.

— Mais qu'attendez-vous de moi ? l'interrogea Dick.

— Une histoire. Juste une histoire. Une histoire qui ne ressemble à aucune.

— Mais toutes les histoires se ressemblent. La mienne n'a pas plus d'intérêt que celle d'un autre.

— C'est ce que tu crois. C'est ce que tout le monde croit, car vous n'existez plus, vous ne vivez plus que par procuration. Moi, je ne veux pas d'une histoire qui sente la sueur mais la puanteur, je ne veux pas de la peur, mais des diarrhées, pas de belle vérité mais du sordide vrai.

— En écrivant une histoire sur une machine ?

— Tu n'as toujours rien compris. Le sujet de ton livre m'est totalement indifférent, je veux seulement vibrer, découvrir tes pensées les plus obscures, celles que tu caches au fond de toi de peur de passer pour un fou aux yeux des autres. L'art d'aujourd'hui respire le formol ; moi, je veux me sentir vivant !

La communication s'interrompit.

— Il est là-haut, répétait niaisement Milos. Il est là-haut...

Dick regarda Evee.

Il vit que cela semblait la rendre heureuse. Il était une sorte d'élu, lui, le minable, le *loser* qui savait à peine écrire.

Ils redescendirent dans la nuit qui se précipitait et arrivèrent presque à tâtons. La voiture était rechargée. Ils remercièrent le vieil homme et rentrèrent chez eux. Ils savaient que dorénavant ils n'avaient plus rien à craindre de la justice. Ils étaient sous la protection de Sky. Il aurait tout arrangé.

La première chose que fit Dick, après avoir fait l'amour pendant plus d'une heure avec Evee dans son immense condominium normalisé, ce fut de reprendre le manuscrit.

À l'abri des regards indiscrets, il épiait la ville endormie lorsqu'il aperçut une improbable mouche qui tentait d'échapper à la nuit hivernale en se cognant lamentablement contre la vitre glacée.

Épilogue

Les grésillements de l'unique appareil qui le raccrochait à la vie convoquèrent immédiatement l'infirmière en chef qui les stoppa d'un geste sûr et routinier. Le presque silence emplit à nouveau l'espace de la pseudo-chambre. À peine pouvait-on percevoir le souffle mécanique. Tandis qu'un respirateur artificiel lui dévorait la bouche, des électrodes ventousaient son crâne en trahissant toutes ses confidences à une prise réseau dissimulée derrière les barreaux du lit.

Sur une chaise, assoupie, la femme aux rides estompées ne s'était pas réveillée.

C'est ainsi que, dans les couloirs sans fin de l'hôpital stérile, les infirmières exécutaient lestement leur ballet lépidoptère. Derrière chaque porte, un même ronflement indiscernable.